KB116709

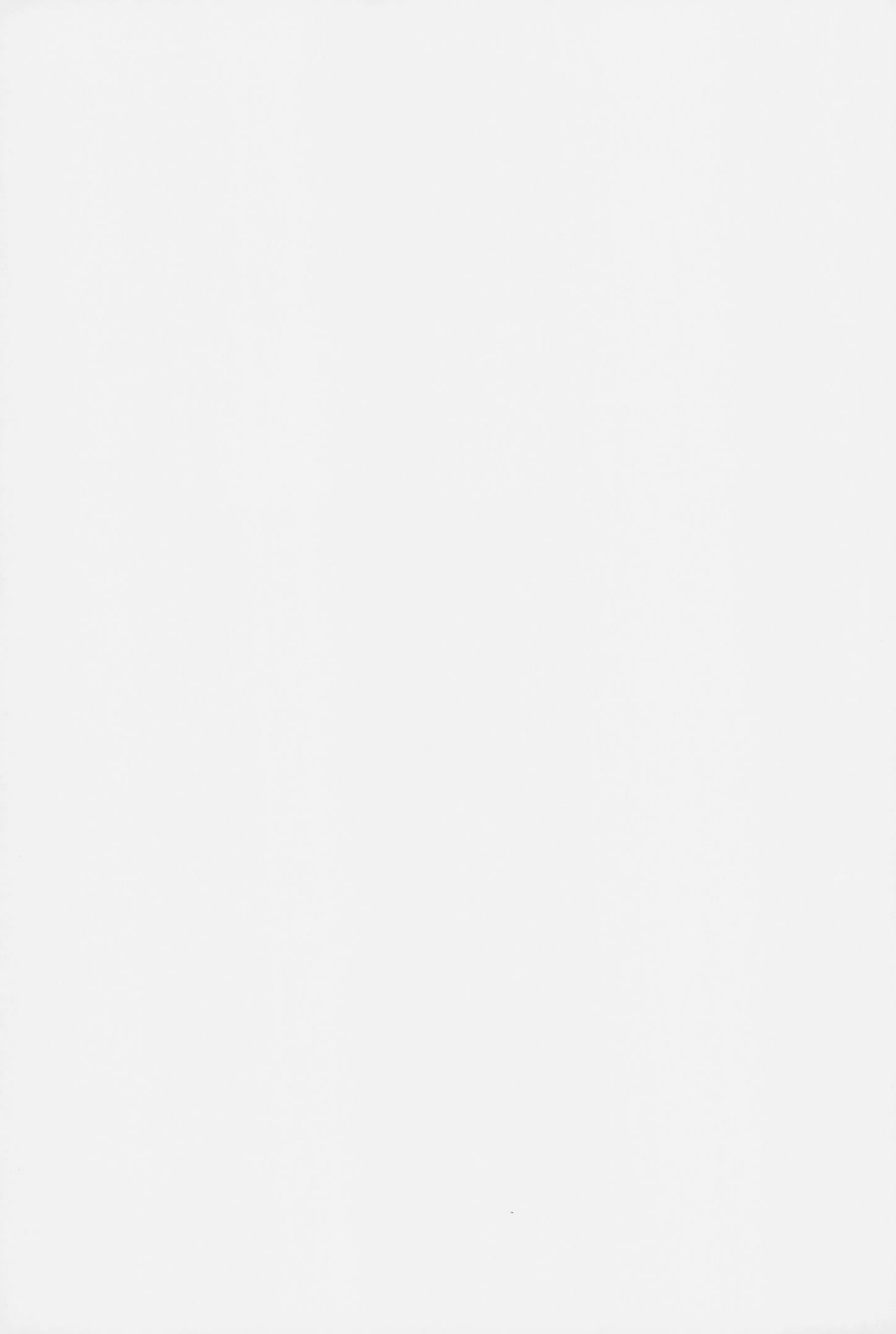

처음
3년
육아

JINSEI NO KIBAN WA NINSHINCHU KARA 3-SAI MADENI KIMARU
by Yoshitsugu Shirakawa

First published in Japan by TOYO KEIZAI INC., Tokyo.

This Korean edition published by arrangement with TOYO KEIZAI INC., Tokyo in care of Tuttle-Mori Agency, Inc., Tokyo through Danny Hong Agency., Seoul.

처음 3년 육아

1판 1쇄 인쇄 2019. 4. 22.
1판 1쇄 발행 2019. 4. 29.

지은이 시라카와 요시쓰구
옮긴이 이수경

발행인 고세규
편집 박주란 | 디자인 조은아
발행처 김영사
등록 1979년 5월 17일 (제406-2003-036호)
주소 경기도 파주시 문발로 197(문발동) 우편번호 10881
전화 마케팅부 031)955-3100, 편집부 031)955-3200 | 팩스 031)955-3111

값은 뒤표지에 있습니다.
ISBN 978-89-349-9531-9 13810

홈페이지 www.gimmyoung.com 블로그 blog.naver.com/gybook
페이스북 facebook.com/gybooks 이메일 bestbook@gimmyoung.com

좋은 독자가 좋은 책을 만듭니다.
김영사는 독자 여러분의 의견에 항상 귀 기울이고 있습니다.

이 도서의 국립중앙도서관 출판시도서목록(CIP)은 서지정보유통지원시스템 홈페이지 (http://seoji.nl.go.kr)와 국가자료공동목록시스템(http://www.nl.go.kr/kolisnet)에서 이용하실 수 있습니다.(CIP제어번호 : CIP2019012291)

내 아이를 위한 결정적 시간

처음 3년 육아

신생아학 의학박사
시라카와 요시쓰구
이수경 옮김

김영사

차례

제3장 여성의 뇌에서 모성의 뇌로

제4장 모자 애착은 임신 상태부터 시작된다

제6장 두 살 이후, 애착이 깊어지는 9가지 의사소통법

머리말

인생의 기반은 세 살 전에 결정된다

생후 7개월에는 사춘기 이후의 발달을 어느 정도 예측할 수 있다

'인생의 기반은 세 살 전에 결정된다.'
25년 넘게 신생아를 진료하고 소아과 의사로 일하며 수많은 아이들을 만나본 나의 지론이다.

내가 센터장을 맡고 있는 후쿠오카 신미즈마키 병원 주산기 센터는 365일, 24시간 가동되는 모자의 구급 구명 체제를 갖추고 있다. 주산기(周産期)란 출산을 중심으로 임신 후기부터 신생아 초기까지 기간을 말하는데, 주산기 센터에는 다양한 이유로 위급한 상황에 놓인 임신부가 실려 온다.

출산할 때 산모와 아기 모두 위험에 처하는 일이 자주 생기지만 최근에는 의료 기술이 상당히 발달했고, 그 가운데서도 일본의 신생아 의료는 세계 최고 수준이기 때문에 많은 아기가 위기에서 벗어난다.

가령 몸무게 500그램 미만으로 태어난 아기도 신생아 집중 치료실(NICU)에서 적절하게 관리해주면 표준체중으로 태어난 아기와 크게 다르지 않은 발육을 기대할 수 있다.

무사히 이 세상에 태어나 주산기 센터를 퇴원했더라도 나중에 영유아 검진과 소아과 검진에서 아기의 발육을 지켜보기 위해 한동안은 지속적으로 산모와 아기를 만나는 경우도 있다.

이렇게 25년이 넘는 세월 동안 소아과 의사로서 아이들을 만나면서 발달 규칙이라고 할 수 있는 몇 가지 공통점을 눈으로 직접 확인했다.

앞에서도 소개했듯이 인생의 기반은 임신부터 세 살 사이에 결정된다는 사실이다.

본문에서 자세히 다루겠지만 내가 일하는 센터에서는 생후 7개월이 되면 건강검진을 실시하는데 오랫동안 아이를 만나다 보니 그때 건강검진을 받으러 온 아기의 상태를 보면 그 아이가 사춘기 이후 어떤 사람으로 클지 어느 정도 예측할 수 있게 되었다. 그리고 사춘기 이후에 보이는 발달 격차는 세 살까지의 양육 환경에 크게 좌우된다고 확신할 정도의 데이터를 얻을 수 있었다.

세 살까지 뇌의 약 80퍼센트가 완성된다

인간은 개체마다 차이는 있지만 어느 정도 공통된 발달 단계로 자란다.

신체와 감정을 담당하는 뇌는 태아기부터 세 살까지 약 80퍼센트가 완성된다고 한다.

다음의 [도표 0-1], [도표 0-2]를 보자.

출생 후 뇌 무게를 측정해 작성한 그래프를 보면 다섯 살 무렵까지 빠르게 증가하는 것을 알 수 있다. 이는 중요한 기반이 되는 뇌가 조기에 완성된다는 것을 의미한다.

즉 세 살까지는 보고 듣고 만지는 것 전부를 흡수하는 시기다.

세 살까지 형성된 뇌가 그 후 인생을 살아가는 기반이 되

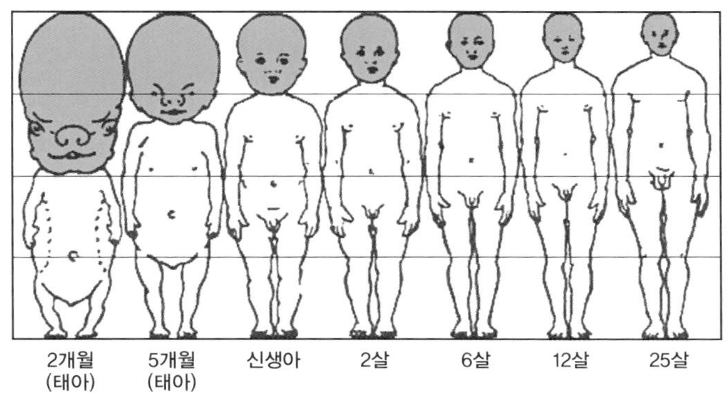

[도표 0-1] **뇌의 크기 비교** 뇌는 내장 조직보다 먼저 완성된다

출처 : Lowrey, G. H., Growth and Development of Children, 6th de., Year Book Med Pub., Chicago, 1973년

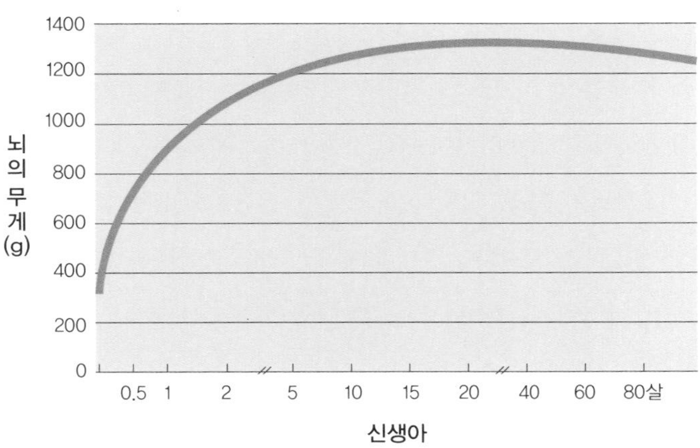

[도표 0-2] **일생에 걸친 뇌 무게 변화**

는 것이다.

사람은 태아기부터 자신이 태어나서 자랄 환경에 적응해서 살아가기 위해 몸과 마음을 준비한다. 추운 곳에서 태어나 자라면 추위에 내성이 생기고 따뜻한 지역이라면 반대가 된다.

가령 태어났을 때부터 에어컨을 켠 방에서 생활한 아기는 체온 조절 능력이 떨어진다. 나는 딸이 넷인데, 그중 막내딸만 에어컨을 켠 방에서 키웠더니 열사병에 취약한 체질이 되고 말았다.

열사병이라고 하면 예전에는 북반구의 추운 지역에서 자란 사람들한테서나 볼 수 있는 증상이었지만 일본에서도 1980년대 이후에 태어난 아이들에게 많이 나타난다. 에어컨이 보급되기 시작한 시기이다. 아이를 열사병에 강한 체질로 키우려면 18개월이 될 때까지 더위를 경험하도록 해야 한다.

18개월이 될 때까지 더위를 얼마나 경험했는가에 따라 땀을 배출하는 땀샘인 '능동 땀샘'의 수가 결정되기 때문이다. 적도 지역에서 태어나 자라면 백인이라도 효율적으로 땀을 흘리는 기능을 갖추게 되어 열사병에 잘 걸리지 않는다.

1장에서 자세히 설명하겠지만 모든 신체 운동의 학습에는 '민감기'라고 부르는 적절한 시기가 있다. 민감기에 체득한 것은 좀처럼 잊어버리지 않아서 평생에 걸쳐 영향을 미친다.

마음의 기반도 세 살까지 완성된다

유·소아기의 환경은 정서발달에도 매우 큰 영향을 끼친다.

충분한 신체 접촉과 관심을 받고 자란 아이는 자신도 다른 사람과 접촉하는 것을 좋아하고 상대를 기분 좋게 대한다. 반대로 전쟁터에서 나고 자란 아이는 다른 사람을 공격하거나 공격받는 일에 동요하지 않는다. 뇌가 마음까지 변화시킨 것이다.

왜 이런 변화가 일어날까?

인간은 태어난 곳의 환경조건이나 그 시대의 상식, 가치관에 적응하지 못하면 살아가기 힘들기 때문이다.

사실 이런 변화는 태아기부터 시작된다. 태아는 태반을 통해 엄마의 일상생활과 감정의 변화를 민감하게 알아차리고 바깥 세계를 이해한다. 그리고 출생 후 급속히 발달하는 뇌는 그 환경에 순응해간다.

그중에서도 낡은 뇌라고 부르는 대뇌변연계는 출생 후 급격히 발달해 세 살 무렵이면 거의 완성된다.

뇌의 대뇌변연계에는 희로애락과 같은 감정과 관계가 있는 편도체와 학습 능력이나 스트레스 내성과 관계 깊은 해마가 있다.

이곳은 평소 우리가 '마음'이라고 부르는 정서를 관장하는 중추다.

다시 말해 마음이 형성되는 작업도 뇌가 만들어지는 태아기 초기부터 시작되어 세 살 무렵에는 그 기반이 거의 완성된다는 것이다.

여성의 뇌와 모성의 뇌

지금까지는 의료 종사자나 조산사들의 경험치에 지나지 않던 상식이 최근에는 뇌 과학과 심리학의 발달로 과학적으로 설명할 수 있게 되었다.

그리고 그렇게 증명된 사실은 내가 지금까지 만난 많은 모자 관계에서도 일관적으로 관찰되는 것들이었다.

가령 나는 오랫동안 아이들의 성장에서 엄마의 중요성을 크게 느껴왔다.

뇌는 태아기에는 태반을 통해 공급받는 영양으로, 영유아기에는 모유와 음식을 통해 공급받는 영양분 외에도 엄마로부터 오감을 통해 받은 자극으로 발달한다.

뇌에 필요한 자극 중에서도 가장 중요한 것은 엄마와의 접촉에서 비롯된다.

태아기에도 엄마의 감정 변화는 직접 아기에게 전해진다. 엄마가 느끼는 공포나 과도한 스트레스는 태아에게 고스란히 전달되어 발육에 뚜렷한 영향을 미친다는 사실이 밝혀졌다.

결국 육아는 임신한 순간부터 시작된다고 할 수 있다.

이 책에서는 발달 단계를 다음과 같이 나누고, 각 시기에 가장 필요한 점과 주의 사항을 설명한다.

- 임신 8주 미만
- 임신 8주 이후
- 출생 직후부터 생후 2개월까지
- 생후 3개월부터 5개월까지
- 생후 6개월부터 한 살까지
- 한 살부터 두 살까지

- 두 살부터 세 살까지
- 세 살 이후

또 아이가 건강하게 성장하려면 엄마의 뇌가 여성의 뇌에서 '모성의 뇌'로 바뀌어야 한다.

자세한 설명은 본문에서 하겠지만, 출산 전 여성의 뇌였던 엄마의 뇌는 진통과 분만, 모유 수유를 경험하면서 뇌내 물질 분비를 통해 모성의 뇌로 바뀌어간다.

이렇게 모성의 뇌로 바뀌면 여성은 아이를 그 누구보다, 심지어 자기 자신보다 우선하게 되고 육아도 매우 즐거워한다.

반대로 알 수 없는 이유로 아이를 낳은 뒤에도 모성의 뇌로 바뀌지 못한 채 여성의 뇌로 남아 있게 되면 육아를 필요 이상으로 힘들게 느끼거나 고통으로 받아들인다. 최근 육아 노이로제나 육아 방기, 영유아 학대 같은 사건이 빈번하게 발생하는 것은 모성의 뇌로 변화하지 못한 엄마가 늘어났기 때문이라고 생각한다.

엄마는 우리의 몸과 마음에 상상 이상으로 큰 영향을 미치는 존재다. 그래서 이 책에서는 여성의 뇌와 모성의 뇌를 설명하는 데 많은 지면을 할애했다.

'괜찮을까?' 걱정하지 않아도 된다

최근에는 육아에 대한 다양한 정보가 넘쳐난다.

아이를 건강하게 키우려면 무엇이 필요한지, 아이를 행복하게 해주려면 무엇을 해야 하는지 부지런히 찾아가며 다양한 정보를 모으는 부모도 적지 않다.

여기까지 읽고 '우리 애는 괜찮을까……' 하고 불안해하는 부모도 있을 것이다. 나는 그들에게 '만일 지금 자녀의 발달에 문제가 있어도 적절하게 대처하면 반드시 좋은 결과를 얻을 것'이라고 말해주고 싶다.

오히려 위험한 쪽은 자신만만하게 자신의 방법이 옳다고 생각하며 밀어붙이는 부모다.

부적절한 양육을 하면서도 그것을 깨닫지 못하는 부모는 잘못을 지적받으면 자신이 비난받고 있다고 생각해서 공격적으로 반응할 때가 있다.

실제로 병원을 찾는 외래 환자 중에서 상당히 큰 문제가 있는 사람, 계속 치료를 받아야 하는 사람일수록 도중에 진료를 중단하는 경우가 많다.

그래서 나는 아이를 기르는 부모 외에도 다양한 분야에서 아이와 관련된 일을 하는 사람들이 이 책을 읽어주기를 바란다.

- 아이의 행복을 바라는 부모와 가족
- 양육 시설 보모나 양부모
- 보육 교사 등 아이와 관련된 일을 하는 사람
- 교육기관 등에서 아이를 접할 기회가 많은 사람

보통 육아는 엄마와 아이 단둘만의 폐쇄된 공간에서 이루어지는 경우가 많다.

따라서 엄마는 다른 사람의 육아법과 자신의 육아법을 비교할 기회가 없다보니 자신의 육아법이 잘못되었다고 해도, 이를 깨닫지 못하고 같은 방법으로 계속 아이를 대하기 쉽다.

또 자신의 잘못을 깨달아도 그것을 인정하고 바꿀 힘이 부족한 경우도 많다.

나는 이 책을 통해 부모와 아이뿐만 아니라 주위의 많은 사람들에게 알려주고 싶다.

'어떻게 해야 마음이 넉넉한 아이로 키울 수 있을까?'

'부모의 말과 행동은 아이에게 어떤 영향을 줄까?'

또 반면교사로 삼는다는 의미에서, 바람직하지 않은 영향을 설명하는 데도 지면을 할애했다.

아이 인생의 기반이 되는 애착 형성에 중점을 두면서 한편, 으로는 육아에 지쳐 힘들어하는 엄마가 자신을 치유하고 아이를 사랑하게 되도록 길잡이가 되었으면 한다.

제1장

인생의 기반은 세 살 전에 결정된다

아기는 놀라운 힘을 가지고 태어난다

의외로 잘 알려지지 않은 사실인데, 아기는 생물학적으로 필요한 기능을 거의 다 갖춘 상태에서 태어난다. 우선 여기에 대해 설명해보자.

예를 들면 아기의 오감은 태어난 순간부터 다음과 같이 발달한다.

청각 태어날 때 이미 80퍼센트가 완성된다

신생아의 감각기 가운데 가장 완성도가 높은 것이 청각이다.

언어 영역은 임신 30주 무렵부터 발달하는데, 맨 먼저 엄마의 목소리를 들으며, 출생 시에는 80퍼센트가 완성된다.

한 연구에서는 태어난 지 몇 시간밖에 지나지 않은 아기가 모국어와 외국어를 구별할 줄 안다는 사실이 밝혀졌다.

후각 모유 냄새를 안다

신생아는 후각도 예민해서 일반적인 냄새에는 성인과 거의 같은 반응을 보인다.

엄마와 아기를 같은 방에서 지내게 하면 아기는 6~10일 만에 엄마의 모유와 다른 사람의 모유 냄새를 구별한다. 거즈에 엄마와 다른 사람의 모유를 각각 적셔 아기 코에 가까이 가져가면 아기는 엄마 모유 쪽으로 얼굴을 돌린다.

또 갓 태어난 아기를 엄마 가슴에 올려놓으면 아기는 젖을 찾아 움직인다. 그런데 깨끗한 천으로 엄마의 유륜을 닦으면 움직임을 멈춘다. 이는 아기의 후각이 유륜의 분비선인 몽고메리 샘에서 분비되는 물질에 반응하는 것임을 추측할 수 있다.

하지만 무통 분만을 하면 아기의 후각이 둔감해지는데, 의사에 따라 마취 약의 양을 미세하게 조절해 아기의 후각이 마비되지 않게 하는 경우도 있다.

💬 시각 갓난아기의 시력은 0.03, 명암을 구분한다

시각은 오감 중 가장 늦게 발달한다. 갓난아기의 시력은 0.03 정도로, 20~30센티미터 떨어진 곳에 있는 사물만 겨우 보이는 단초점 렌즈 같은 상태다.

그러나 명암의 강약은 알 수 있다.

초점이 맞는 20~30센티미터 거리까지 얼굴을 가까이 갖다 대면 아기는 흑백 대비가 분명한 눈동자를 쳐다본다. 그대로 아기와 눈을 맞추면서 가만히 고개를 돌리면 아기의 눈동자가 그에 따라 움직인다. 이런 반응은 태어난 직후부터 나타난다.

출산한 엄마의 유두가 색소침착으로 짙어지면 아기는 눈으로도 엄마의 젖을 쉽게 찾을 수 있다.

💬 촉각 배 속에서도 손가락을 빤다

촉각은 오감 중 가장 빨리 발달한다.

아기는 임신 9주 무렵부터 자신의 손가락을 입에 넣고 얼굴과 몸, 탯줄을 만진다. 만지는 위치는 머리에서 발 쪽으로 옮겨 간다.

손가락을 빠는 행동은 만짐과 만져짐이 동시에 일어나는

중요한 촉각 자극이다.

초음파를 이용하면 태아가 손가락 빠는 모습을 볼 수 있고, 태어났을 때 팔에 입으로 빨아서 생긴 물집이 보이는 경우도 있다. 참고로 태아는 80퍼센트의 확률로 오른손을 빤다.

태어난 뒤에도 무엇이든 입에 넣으려는 시기가 오래 계속된다.

미각 쓴맛을 성인의 약 두 배로 느낀다

아기는 본능적으로 단맛을 좋아하고 쓴맛을 싫어한다.

단맛은 영양가가 높고 몸에 유익하지만 쓴맛은 몸에 해롭다고 판단하기 때문이다.

태어난 지 2시간 된 신생아의 혀에 단것과 쓴것을 올려보면, 단것을 올렸을 때는 편안한 표정을 짓지만 쓴것을 올렸을 때는 싫은 듯 얼굴을 찡그린다. 가르치지도 않았는데 맛에 어울리는 표정을 짓는 것이다. 이를 통해 싫은 표정은 배워서 짓는 것이 아니라 선천적이라는 사실을 알 수 있다.

또 신생아는 성인보다 두 배의 감도로 쓴맛을 식별한다는 조사 결과도 있다. 자연계에서는 독을 식별하는 감각이 생존에 반드시 필요하기 때문이다.

그러나 이때의 미각 반응은 성인이 대뇌피질에서 느끼는 반응과는 달리 생명 유지에 필요한 기능을 담당하는 뇌간에서 유래한 반응이다. 그렇기 때문에 생후 3~5개월이 되면 반응이 약해진다.

섭취 에너지의 3분의 2는 뇌 발달에 사용한다

이처럼 아기는 많은 능력을 갖추고 태어난다.

인간 진화의 역사가 약 200만 년이라고 하는데, 200만 년 전에 태어난 아기든 현대사회에 태어난 아기든 선천적인 기능은 크게 달라지지 않았다.

지금처럼 축복받은 시대와 달리 늘 죽음이 가까이 있던 시대라면 갓 태어난 아기는 더더욱 엄마의 보살핌 없이는 살아가기 힘들었을 것이다.

그렇기 때문에 아기는 눈물겨운 노력으로 자신을 지켜주는 엄마라는 존재에 매달릴 수밖에 없다.

사실 인간은 어릴수록 신체에서 뇌가 차지하는 비율이 높고, 뇌의 성장 속도도 빠르기 때문에 많은 양의 에너지가 필요하다.

덕분에 신생아는 섭취한 에너지의 3분의 2를 뇌 발달에 사용한다.

뇌가 성숙하려면 에너지 공급이 무척 중요한데, 칼로리가 부족해 머리둘레의 성장 속도가 떨어지면 때때로 발달지연으로 이어진다.

그중에서도 특히 폭발적으로 에너지를 많이 쓰는 시기는 다음과 같다.

- 임신 20주 전후-신경세포 수의 증가로 DNA가 증가하는 제1피크
- 출생 2개월 전후-신경세포 수의 증가로 DNA가 증가하는 제2피크
- 출생 6개월 전후-뇌에서 세포 성분으로서 중요한 콜레스테롤이 증가하는 시기

이 시기의 영양부족은 뇌 발달을 심각하게 저해하므로 부

모는 이 시기에 아이가 영양 불균형 상태가 되거나 영양실조가 되지 않게 특별히 세심한 주의를 기울여야 한다.

또 모유에는 아기의 뇌 발달에 최적화된 성분이 들어 있다.

모유를 먹은 아이와 분유를 먹은 아이를 비교한 학령기 연구 결과에 따르면 모유를 먹은 아이의 IQ가 분유를 먹은 아이보다 5~10포인트나 높다.

유아기의 기억은 무의식에 새겨진다

보통 우리는 다섯 살 이후에 일어난 일을 뚜렷이 기억한다. 그렇다면 그보다 훨씬 어릴 때의 일은 어떨까? 다섯 살 이전인 영유아기의 기억은 의식 세계에서는 기억하지 못해도 무의식에 깊이 새겨져 두고두고 수면 위로 떠오른다.

흔히 어린 시절에 배운 것은 잘 잊어버리지 않는다고 한다. 외국어 습득이 좋은 예다.

성인이 되어 영어를 공부할 때 좀처럼 늘지 않는 분야가 듣기인데, 이는 영유아기에 뇌신경이 담당하는 영어를 구별해서 듣는 능력을 사용하지 않았기 때문이다.

영어권 아이들은 태어나면서부터 청각 언어인 영어를 일상적으로 접하기 때문에 쉽게 알아들을 수 있지만, 기초가 없는 외국인에게는 어려운 일이다.

요즘은 '신생아 청각 선별 검사'라는 제도가 도입되어 거의 모든 신생아가 산부인과나 조산원에 있을 때 청각 검사를 받는다.

이 검사에서 청각 이상이 발견된 신생아의 경우 생후 6개월까지 보청기를 장착해서 치료하고 교육하면 훗날 언어 학습 성취도가 크게 개선된다는 조사 결과가 있다. 그중에서도 고도 난청은 늦어도 18개월 이전까지 발견해서 치료를 시작해야 언어 발달을 기대할 수 있다.

신생아 청각 선별 검사를 통해 고도 난청의 조기 발견과 조기 치료 교육이 가능해져 언어 발달 지연은 크게 줄었다. 또 사시 같은 시각 이상에도 조기 훈련이 효과를 발휘한다. 생후 6개월 무렵에 발견해서 전문의의 진찰과 치료 교육을 시작하면 개선될 가능성이 크다.

뇌의 발달 조건에 따라 성격도 달라진다

모든 신체적인 운동 학습에는 민감기라는 적절한 시기가 있다. 민감기에 몸에 익힌 것은 좀처럼 잊어버리지 않고 평생에 걸쳐 영향을 준다.

그와 마찬가지로 영유아기에 적절한 보살핌을 받은 아이와 그렇지 않은 아이는 이후 인생이 크게 달라진다. 설령 영유아기 이후에 똑같은 성장 환경에서 자랐다 해도 두 아이의 발달은 큰 차이를 보인다.

예를 들어 사람의 표정을 읽는 능력은 생후 6개월 무렵이면 발달의 절정에 이른다.

생후 6개월 된 아기는 여러 원숭이의 얼굴을 구별할 수 있지만 생후 9개월 이후부터는 구별하는 데 어려움을 느낀다.

생후 6개월 된 아기는 엄마 품에 안겨 엄마의 사소한 표정 변화를 보며 '이런 표정일 때는 이런 식으로 안아주는구나, 이런 식으로 말하는구나' 하고 학습한다.

반대로 가장 민감한 이 시기에 양육자가 없이 방치된 아기는 상대방의 표정을 읽는 훈련이 부족해 표정으로 사람의 기분을 알아차리는 능력이 충분히 발달하지 않는다.

뇌세포 중에는 '거울 뉴런'이라는 신경세포가 있다.

거울 뉴런은 눈앞에 있는 사람의 말과 행동을 뇌에서 자신의 것처럼 시뮬레이션하는, '사물 흉내 세포' '공감 세포'라고도 부르는 신경세포다.

인간은 거울 뉴런이 기능함으로써 다른 사람을 흉내 내고 감정이 발달한다. 생후 6개월 무렵에 양육자가 다양한 표정을 보여주고, 거울 뉴런을 통해 공감하는 훈련을 시키면 아이의 공감 능력이 향상된다. 영화 속 등장인물에 감정이입해서 행복하게 웃는 배우를 보고 흐뭇해하고, 슬픈 장면에서 덩달아 눈물을 흘리는 감정이 풍부한 사람으로 성장하는 것이다.

반대로 거울 뉴런을 사용하지 않은 채 민감기를 보낸 아이는 다른 사람의 기분을 상상하고 공감하는 데 서툰 사람이 될 가능성이 높다.

이처럼 우리가 흔히 성격이라고 말하는 부분도 사실은 뇌 신경세포의 작용으로 설명할 수 있는 영역이 되어가고 있다.

새하얀 스펀지 같은 아기의 뇌는 이 시기에 가장 활발하게 '살아가는 법' '생각하는 법'의 밑바탕을 완성한다.

뇌가 완성되어가는 이 시기를 어떻게 보내야 할까?

부모는 이것이 얼마나 중요한 일인지 이해해야 한다.

'세 살까지는 엄마가'라는 말에는 이유가 있다

'세 살까지는 엄마가 키워야 한다'라는 말을 들어본 적이 있을 것이다. 아이는 태어나서부터 세 살까지는 엄마와 함께 지내는 것이 좋다는 설이다.

세 살까지는 엄마가 키워야 한다는 말에서 '세 살'은 부모의 완전한 도움을 받아야 하는 만 두 살이라고 보면 된다.

만 두 살이라면 아기의 치아가 어느 정도 갖춰지는 시기다. 경제나 의학이 발달하지 않은 시대에는 두 살이 되기 전에 엄마를 잃은 아이는 살아가기 힘들었다. 하지만 치아가 완성된 아이는 엄마가 없어도 다른 양육자의 도움을 받아 어떻게든 살아갈 수 있었다.

애초에 인간의 아기는 다른 포유류와 달리 태어나서 스스로 살아갈 수 있게 되기까지의 기간이 매우 길다는 특징이 있다.

아기가 표준 임신 기간(40주, 280일)을 다 채우고 태어났어도 '인간은 1년 일찍 태어났다고 생각하는 편이 낫다'고 말할 정도로 미숙하게 세상에 나온다.

물론 필요한 때만 적절하게 보살필 수 있다면 어른이 하루 종일 붙어 있을 필요가 없을지 모른다. 또 반드시 엄마가 아니어도 제대로 돌봐줄 사람이 있다면 아기는 스트레스를 받지 않고 자랄 수도 있다.

다만 임신 중이나 분만 직후의 스킨십, 영유아기의 모유 수유를 통한 커뮤니케이션처럼 엄마만 할 수 있는 부분도 적지 않다.

'세 살까지 엄마가 키워야 한다'는 말을 무조건 신봉해서 일희일비할 필요는 없지만, 말도 안 되는 소리로 여기며 남에게 아이를 맡기고 자신의 일에 집중하겠다고 과감하게 판단하는 것도 실은 옳지 않다.

엄마가 눈앞에서 사라지면 공포를 느낀다

실제로 이런 연구 결과가 있었다.

생후 9주 된 여아, 13주 된 남아, 29주 된 남아를 각각 엄마와 함께 실험실에 들어가게 하고, 아기의 이마 체온을 열화상으로 측정했다.

처음 5분 동안은 엄마가 말도 걸고 얼러주기도 한며 아기 옆에서 머문다.

그 후 엄마는 조용히 방을 나가고, 아기 혼자 5분 동안 있게 한다. 그리고 5분 뒤 엄마가 방으로 돌아와 다시 아기를 얼러준다.

엄마와 분리되었을 때 아기에게는 어떤 신체 반응이 나타났을까?

결과는 세 아기 모두 엄마가 방을 나간 직후부터 이마의 온도가 섭씨 1도 가까이 내려갔다.

엄마가 돌아오고 나서 보인 반응은 각각 달랐지만, 엄마가 사라졌다가 돌아올 때까지 체온이 떨어지는 속도는 모두 같

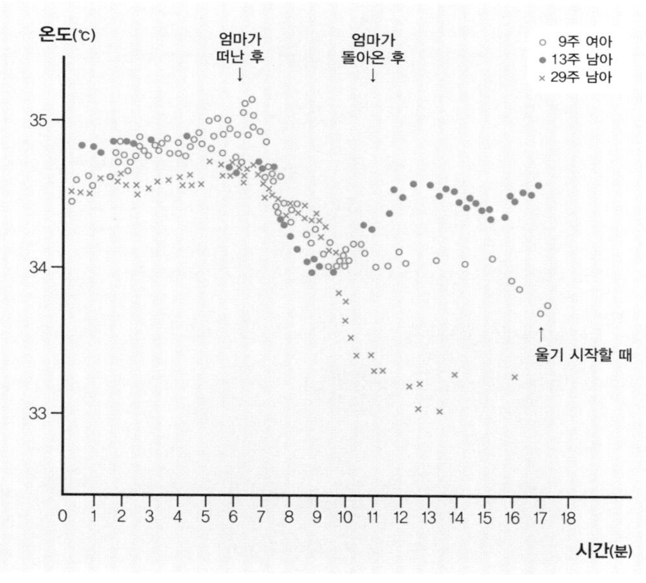

[도표 1-1] **체온 저하 그래프** **모자 분리에 따른 유아의 이마 온도 변화**

출처 : 고바야시 노보루(小林登) '아기의 마음을 열화상으로 측정하다 – 모자 분리에 따른 안면 피부 온도의 변화와 애착' 《주산기의학》 제26권 1호, p87~92, 1996년

았다[도표 1-1].

엄마 대신 다른 사람이 들어온 실험에서도 체온은 크게 떨어졌다.

그러나 엄마가 옆에 있고, 다른 사람이 방에 들어왔을 때는 체온에 변화가 없었다.

피부 온도가 낮아졌다는 것은 혈관이 수축했거나 혈류가 감소했음을 의미한다. 혼자 남은 아기는 극도의 긴장 상태에 빠지고, 교감신경이 긴장해 혈관이 수축되고 혈류가 저하하면서 피부 온도가 낮아진 것이라고 볼 수 있다.

아기는 혼자 방치되는 데 본능적으로 공포를 느끼는 것이다.

이는 사람뿐만 아니라 모든 동물의 새끼에게도 적용된다. 무력한 상태로 방치된다는 것은 곧 천적이나 포식자에게 습격당할 확률이 높다는 뜻이며 이는 생명 유지와 직결되기 때문이다.

아기는 단 5분 동안 엄마와 떨어졌을 뿐인데도 체온이 내려갈 정도로 긴장과 고통을 느끼는 것이다.

인생의 바탕이 되는 모자 애착

아기가 우는 이유는 다음 4가지 중 하나다.

'배가 고플 때' '졸릴 때' '아플 때' 그리고 앞서 이야기한 것처럼 '공포를 느낄 때'.

이는 모두 생명 유지와 직결된다.

배고픈 상태가 지속되면 죽을 수 있다. 잠도 살아가는 데 빼놓을 수 없는 요소다. 또 혼자 있을 때 천적의 눈에 띄면 살아남을 수 없다. 그러므로 누군가 자신을 지키고 보호해줘야 한다. 큰 소리로 울어서 엄마나 자신을 보호해줄 누군가의 주의를 끄는 이유다.

엄마나 부모를 대신할 누군가가 달려와서 모유를 주거나 품에 안아 자신의 욕구를 채워주면 아기는 안심하고 만족한다. 그리고 자신을 돌봐준 사람을 신뢰하고 기억한다. '이 사람은 힘들 때 나를 도와주는구나'라는 믿음이다.

반대로 아무리 곁에서 열심히 보살폈다고 해도 아이가 정말로 힘들어할 때 손을 내밀어주지 않으면 아이는 안심하지 못한다.

나약한 아이에게는 불안해하거나 실패했을 때 "괜찮아, 내가 옆에 있잖아" "같이 해보자"라고 옆에서 도와주는 존재가 필요하다.

이처럼 아이가 특정 양육자와 결속하는 것을 '애착'이라고 한다. (아기는 울거나 웃거나 눈을 맞추어서 자신의 감정과 욕구를 전했을 때 그에 적절히 반응해주는 사람을 '특정된 타자'로서 선택한다. 애착은 특정된 타자와 맺는 것이므로 친엄마로 한정할 수는 없다. 하지만 아기는 대부분 가장 가까이 있는 엄마를 애착 대상자로 삼기 때문에 이 책에서는 이후 애착 대상자를 '엄마'로 지칭하기로 한다.)

모자간에 애착이 생겨야 비로소 아이는 자신을 가치 있는 존재로 느끼고 다른 사람을 신뢰하며 세상 밖으로 여행을 떠날 수 있다.

애착은 관계성에 따라 의미가 달라서 '친자 유대의 애착'이나 '부부간의 애착' 등이 있다. 여기에서 말하는 '모자 애착'은 아이가 곤란에 처했을 때 손을 내밀어 도와주는 것을 의미한다.

불안할 때, 아플 때, 슬플 때, 언제나 엄마가 안아준다, 도와준다는 애착이 형성되어 있을 때 아이가 느끼는 절대적인 안도감은 어른이 생각하는 것 이상으로 크다.

그러나 "오늘은 엄마가 쉬는 날이니까 네 옆에 있을게"라는 식으로 엄마의 상황에 따라 달라지는 조건부 접촉은 애착이라고 할 수 없다.

"네가 힘들 때는 무슨 일이 있어도 (직장을 쉬더라도) 네 곁에 있을 거야"라는 믿음을 주는 것이 진정한 애착이다.

이러한 모자 애착이 형성되는 가장 중요한 시기는 영아기에서부터 유아기 초기다.

인생을 관통하는 기본적 신뢰를 만든다

애착이 형성된 아이는 건강하게 성장한다. 무엇보다 엄마에게 안정된 애착행동을 보인다.

가령 엄마가 보이지 않으면 큰 소리로 울고, 다른 사람에게는 보여주지 않는 웃음을 엄마에게만 보여준다. 누가 안아줘도 그치지 않던 울음을 엄마가 안으면 뚝 그치고 언제 그랬느냐는 듯 해맑게 웃는다. 또 엄마와 함께라면 자신이 안전하다는 믿음이 있기 때문에 다른 사람을 그다지 무서워하지 않는다.

이처럼 엄마와 친밀한 관계를 형성한 아이는 인간관계의

바탕이라고도 할 수 있는 인간에 대한 기본적인 신뢰를 알게 된다.

엄마를 언제든 돌아갈 수 있는 안전 기지이자 마음의 안식처로 여기면, 아이는 신체의 성장과 발달에 맞춰 호기심이 생기는 대로 행동 범위를 점점 넓혀 세상 밖으로 나간다.

유소년기라면 엄마와 떨어질 때 잠깐 저항하거나 불안감을 내보이기도 하지만 다시 만나면 금방 분리 스트레스를 해소하고 자신을 안정시킨다.

'엄마랑 있으면 어떤 일도 두렵지 않아' '떨어져 있어도 무슨 일이 생기면 엄마가 나타나서 반드시 나를 지켜줄 거야' 하는 생각이 깊어진다. (뒤에서 설명하겠지만 엄마와 떨어질 때 아주 심하게 저항하는 것은 분리 불안 때문이다.)

'기본적 신뢰'는 사람과 관계를 맺는 즐거움을 아는 첫걸음이기도 하다.

모자 애착을 잘 형성해 기본적 신뢰를 쌓은 아이는 이후 엄마 이외의 다양한 사람과 기분 좋은 인간관계를 만들어간다.

아이를 괴롭히는 '버림받을지 모른다는 불안'

반대로 어떤 이유로든 애착을 형성하지 못한 아이의 행동 배경에는 늘 '버림받을지 모른다는 불안'이 따라다닌다.

동물의 새끼는 방치되면 포식자에게 습격당할지 모른다는 공포를 느낀다. 이때 뇌에서 많은 양의 스트레스호르몬이 분비되고, 그 영향으로 뇌의 형태가 바뀐다는 연구 결과도 있다.

인간도 예외가 아니어서 보호자의 보살핌 없이는 살아가기 힘든 아기에게 자신이 버림받을지 모른다는 불안감은 생명이 위협받는 거대한 공포로 다가온다.

소아과 의사로 오랫동안 진료를 해온 나는 7개월 건강검진 때 병원을 찾은 아기를 보면 버림받을지도 모른다는 불안을 느끼는지 아닌지 알 수 있었다.

물론 기질에 따른 차이는 있지만 대체로 엄마의 보살핌을 잘 받는 아기는 의사를 두려워하지 않아 진찰하기가 상당히 수월하다.

반면 엄마 스스로 육아에 불안을 느끼거나 육아를 즐기지 않으면 아기가 엄마에게 매달려서 심하게 울어 진찰하는 데 애를 먹는다.

그 밖에 아기가 보내는 구조 신호로는 다음과 같은 증상이 있다[도표 1-2].

신생아기	얼굴을 쥐어뜯는다 / 머리카락을 잡아당긴다 / 눈길을 피한다 / 하품을 한다
신생아기 이후	젖을 토한다 / 변비 / 설사 / 발달지연 / 성장장애 / 탈모 / 천명(숨 쉴 때 쌕쌕거리는 소리를 내는 증상)
유아기	손가락을 빤다 / 손톱을 물어뜯는다 / 성기를 만진다 / 오줌을 자주 싼다 / 자다가 오줌을 싼다 / 말을 더듬는다 / 천식 / 틱 / 주기적인 구토 / 살이 찐다 / 밥을 먹지 않는다
학령기	머리카락이 빠진다 / 기립성조절장애 / 기관지천식 / 틱 / 오줌을 자주 싼다 / 심인성 구토 / 심인성 복통 / 소화성 궤양
사춘기	과민성 대장증후군 / 소화성 궤양 / 과다호흡증후군 / 기관지천식 / 신경성 식욕부진 / 신경성 과식

[도표 1-2] **아이가 흔히 보이는 스트레스로 인한 반응**

아기의 구조 신호를 재빨리 알아차려서 안심시킬 수 있는 부모라면 괜찮지만, 민감하지 못해서 아이의 구조 신호를 놓치는 부모도 적지 않다.

이런 부모의 아기는 결국 눈에 띄는 문제행동을 일으킨다. 대표 증상이 악을 쓰고 울거나 고집을 부리거나 난폭하게 굴거나 달라붙어서 떨어지지 않는 행동으로, 부모의 주의를 끌어서 어떻게 해서든 부모와 관계를 유지하려는 것이다.

얌전한 아이도 주의가 필요하다

부모가 아이의 구조 신호를 눈치채고서도 일부러 무시하거나 거부하면 아이는 더 이상 거부당하지 않으려고 안아달라고 조르는 애착행동이나 부모의 주의를 끄는 감정 표현을 최소한으로 억제하게 된다.

소위 말하는 '손이 안 가는 얌전한 아이'가 되는 것이다.

얌전한 아이는 겉으로 드러나는 증상이 적어 문제를 알아차리기 어렵기 때문에 문제행동을 일으키는 아이보다 훨씬 위험하다.

학령기 이후 아이의 문제행동을 상담하기 위해 병원을 찾은 엄마에게 나는 종종 이렇게 묻는다.

"두세 살 무렵에는 어떤 아이였습니까?"

대답은 대부분 "손이 안 가는 아주 얌전한 아이였습니다" 라든지 "특별히 기억나는 게 없습니다" 둘 중 하나다.

그러나 아이는 속으로 이렇게 생각했을 가능성이 높다.

'울어도 달래주지 않는구나……. 어쩔 수 없지, 혼자서 해결하는 수밖에. 조용히 인형이나 갖고 놀자.'

'장난치면 혼날지 몰라. 엄마가 나를 버리면 어떡하지? 그냥 아무것도 하지 말자.'

하지만 응석 부리고 싶은 욕구는 해소되지 않은 채 마음 깊은 곳에 그대로 남아 있다.

그 억압된 욕구가 본인도 모르는 사이에 신체 증상으로 나타나거나 학령기 이후 문제행동으로 나타난다.

그리고 이처럼 엄마를 향해야 할 애착 욕구를 억누르는 아이는 대부분 다른 의존 대상을 만든다.

예를 들어 좋아하는 인형이나 손수건, 담요 등을 손에서 놓지 않는 것이다. 또 유치원을 졸업할 즈음에는 운동이나 학업에 의존하는 모습도 보이고, 그 뒤 알코올 의존, 약물 의존, 일 의존으로 옮겨 가는 경우도 많다.

부모와 애착이 형성되지 않으면 어떻게 될까?

애착이 형성되지 않아 큰 혼란에 빠진 아이가 훗날 정신질환을 보이는 일도 적지 않다.

특히 안전 기지가 되어야 할 부모가 공포를 주는 존재가 되면 부모는 아이에게 가까워질 수도 멀어질 수도 없는 사람, 즉 해결 불가능한 패러독스가 되고 만다. 아이가 혼란을 느끼는 상태로 성장할 수밖에 없는 것이다.

이런 상황에 처한 아이는 애착행동은 고사하고 정상적인 마음의 발달도 이루지 못한다.

또 마음 발달에 문제가 생길 만큼 부적절한 양육을 받은 아이 중 80퍼센트는 자신이 겪은 것과 같이 혼란한 애착행동을 보인다는 조사 결과도 있다.

혼란한 애착행동은 유아기에서 아동기까지는 공격성으로, 사춘기부터 청년기에는 정신 질환 증상으로 나타나기 쉬우며, 이 증상은 다방면에 걸쳐 나타난다.

그중에는 아이가 부모를 보살피는 '친자 역전'으로 이어지는 경우도 많다.

결국 이 아이들은 인간관계의 바탕이 되는 모자 애착이 제대로 형성되지 않았기 때문에 다른 사람과 관계를 맺을 때도 문제가 발생한다.

이처럼 여러 가지 원인으로 애착을 형성하지 못한 모자 관계에서 생기는 문제를 '애착장애'라고 한다.

애착장애는 일찍이 영아원이나 고아원 같은 아동보호 시설에서 자란 아이들에게 흔히 볼 수 있는 증상으로 소개되었다.

아동보호 시설에서는 보육자가 아무리 훌륭한 사람이라도 보살펴야 할 아이가 너무 많기 때문에 한 아이에게 집중할 수 없다. 또 엄마처럼 자신을 희생해서 아이와 깊은 유대를 맺으려는 사람도 찾기 어렵다.

그런데 최근에는 일반 가정에서 자라는 아이들 중에도 애착장애 증상을 보이는 경우가 많아졌다.

2장에서는 꾸준히 늘고 있는 애착장애를 자세히 다루고자 한다. 이 책은 아이가 건강하게 크는 데 필요한 '적절한 양육'에 대해 설명하기 위한 것으로 아이와 접촉하는 구체적인 방법이나 아이를 대하는 방법은 3장 이후에서 자세히 설명할 것이다. 그러나 그 전에 부적절한 양육으로 애착장애를 겪은 아이가 얼마나 힘들게 인생을 살아가게 되는지 반드시 기억해두었으면 한다.

거기에는 현재의 육아 환경이 안고 있는 문제점이 뚜렷이 드러나기 때문이다.

제2장

애착장애를 겪는 아이가 늘고 있다

부적절한 양육이 애착장애를 불러온다

1장에서는 유소년기의 친자 유대가 얼마나 중요한지, 또 유소년기의 양육이 이후 아이의 인생에 얼마나 큰 영향을 미치는지 이야기했다.

아이가 행복한 인생을 사는 데 가장 중요한 것은 엄마의 적절한 대응으로 형성된 모자 애착이라는 점도 이해했으리라 생각된다. 그러나 최근에는 양육에 대한 정보가 넘쳐나는데도 부적절한 양육 때문에 애착에 문제가 있는 상태로 성장해서 문제행동을 일으키는 아이가 늘고 있다. 이른바 '애착장애'다.

미국 정신의학회의 진단 기준 제4판《DSM-IV-TR 정신 질환 분석과 진단 기준》에 따르면 애착장애는 '다섯 살 미만에 시작된 대인 관계장애'라고 한다.

요인으로는 다양한 경우를 생각할 수 있는데, 그 바탕이 되는 문제는 사실 정해져 있다.

부모의 부재나 방치, 무시, 학대, 기타 부적절한 양육으로 아이가 본래 친부모와 맺어야 할 애착, 기본적인 신뢰를 모른 채 자라난 것이다.

《DSM-IV-TR 정신 질환 분석과 진단 기준》에서는 애착장애의 원인이 되는 부적절한 양육을 다음과 같이 정의한다.

- 안락, 자극 및 애착을 바라는 아이의 기본적인 심리적 욕구를 지속적으로 무시
- 아이의 기본적인 신체적 욕구를 무시
- 주 양육자가 반복해서 바뀜으로써 안정된 애착 형성을 저해(예 : 양부모가 빈번히 바뀌는 일)

이 3가지 부적절한 양육은 학대의 정의와도 일맥상통한다.

학대라고 하면 신체에 가하는 폭력이나 장기간에 걸친 방

치를 생각하기 쉽지만 실제로는 그뿐만이 아니다.

폭력이나 최근 문제가 되고 있는 아동 방치 등과 같이 '해서는 안 되는 행동을 하는 것'은 물론이고 '부모로서 해야 할 일을 하지 않는 것', 다시 말해 적절한 관계를 맺지 않는 것도 아이의 발달에 치명적인 문제를 일으키는 학대에 해당한다.

애초에 적절한 양육이란 아이의 신체 · 정서 발달에 맞추어 보살피는 것을 말한다.

아이는 저마다 개성이 있고 발달 속도도 다르다. 그런 점을 잘 살피고 적절하게 보살피는 것은 부모로서 당연히 해야 할 일이며, 늘 아이 곁에서 돌볼 수 있는 부모만 할 수 있는 일이기도 하다.

다만 애착은 그저 옆에 붙어서 생활한다고 해서 저절로 형성되는 것이 아니다.

오히려 예쁜 인형을 다루듯 부모가 원하는 대로 아이를 양육하면 아이의 본래 모습은 무시당하고 자아가 제대로 자라지 못하며 자립은 방해받는다.

부모의 가치관을 강요하는 과잉 간섭이나 맹목적인 사랑, 아니면 아이의 결점을 받아들일 수 없어서 아예 아이의 결점이 겉으로 드러나지 않게 하는 과보호도 부적절한 양육, 학대라고 할 수 있다.

과보호는 부모가 아이에게 잠재적으로 품고 있는 증오나 분노를 미화해서 표현하는 가짜 모습이다.

애착장애의 7가지 증상

그렇다면 애착장애가 있는 아이는 어떤 특징을 보일까?

애착장애를 분별하는 기준은 있을까?

증상은 아이가 처한 환경 요인에 따라 복잡하게 나타나므로 주된 특징만 살펴보기로 한다.

애착장애 증상 ①

스트레스에 약하고 무력감을 보인다

애착이 형성되지 못했다는 것은 절대적인 안정감을 얻지 못했다는 말이다.

'나를 지켜줄 사람은 없다.' 애착장애를 보이는 아이는 늘 이런 생각을 한다.

정신적인 지주가 없기 때문에 스트레스에 약하고 쉽게 의욕이 꺾여서 일을 끝까지 해내지 못한다. 그 결과 성공 하거나 역경을 극복한 경험이 없어 무력감과 절망감이 따라다니는 인생을 살기 쉽다.

또 항상 불안하기 때문에 실패를 몹시 두려워해서 극도로 위험을 피하려고 한다.

감정 결핍에 창조성도 부족해서 미래에 하고 싶은 일이 무엇이냐는 질문에는 "모르겠다" "생각해보지 않았다"라고 대답하거나 그저 웃기만 하는 아이가 많다.

아주 오랫동안 공포를 느낀 사람은 많은 양의 스트레스호르몬이 분비되어 뇌가 변해버린다고 한다. 특히 대뇌변연계 장애와 전두엽 기능 부전을 겪으면 감정 기복이 심하고 감정을 조절하기 어려워진다.

또 칭찬받은 적이 없고 매번 야단만 맞으며 자란 아이는 자신을 '쓸모없는 인간'이라고 여기게 된다. 게다가 사랑받지 못한 것조차 자기 탓이라고 받아들이기 때문에 스스로에게 죄의식을 갖기 쉽고, 자신감이 없으며 열등감도 크다.

결국 자신을 늘 부정적으로 평가하기 때문에 다른 사람에게도 부정적인 견해를 갖는다.

애착장애 증상 ②

자기나 남에게 해를 끼친다

부적절한 양육으로 애착장애가 생긴 아이는 마치 '나를 좀 봐줘!'라고 말하는 듯 주변의 주의를 집중시키는 눈에 띄는 행동을 되풀이한다.

이때 다른 사람이 싫어할 만한 비뚤어진 행동을 동반하는 것도 특징이다. 초등학교에 올라가면 버릇없는 행동이 두드러지기 시작한다. 그리고 사춘기부터 성인기에 걸쳐서는 반사회적인 행동을 보인다. 유아기에 부당한 매질을 당하면 사춘기가 되어 눈빛이 바뀌며 완전히 다른 사람이 되거나 이성을 잃고 난폭한 행동을 하기도 한다.

최악의 경우에는 다른 사람에게 상처를 입히거나 성적인 범죄를 저지르기도 한다.

애착장애가 있는 아이는 예외 없이 부모에게 분노의 감정을 품고 있다. 적절한 보살핌을 받지 못하고 학대받은 것에 대한 분노다.

이러한 분노는 자신의 감정을 드러내면 버림받을지 모른다는 불안 때문에 늘 억압된 상태이기 때문에 아이 자신도 눈치채지 못했을 수 있다. 그러나 억압했던 분노가 폭발해 분노의 칼끝이 다른 사람을 향하면 자기보다 약한 자를 향한 가해, 파괴, 범죄 행위로 나타나고 칼끝이 자신을 향하면 손목을 긋는 등 자해행동으로 나타난다.

자해행동에는 다른 측면도 있다. 통증을 동반한 자극은 '베타엔도르핀'이라고 부르는 두뇌 속 마약의 분비를 촉진한다.

자신에게 상처를 입히는 자해행동은 건전한 애착 관계를 형성한 사람들 눈에는 기이하게 비치겠지만 현실이 견딜 수 없을 만큼 힘들 때는 베타엔도르핀을 만들어내는 자해행동이라도 해서 눈앞의 괴로움에서 잠시나마 도망치고 싶은 것이다. 내가 만났던 환자 중에는 유산을 되풀이할 때마다 몸에 문신을 새긴 산모도 있었다.

이처럼 자해행동에는 일종의 자기방어 본능도 포함된다고 할 수 있다.

애착장애 증상 ③

안정된 인간관계를 구축하지 못한다

아이는 커가는 동안 다양한 자극(사람이든 사건이든)을 받고, 그 과정에서 인생에는 옳고 그름으로 나눌 수 없는 복잡한 사정이 있다는 것을 배운다.

그러나 애착장애가 있는 아이는 마음이 안정되지 못한 상태이기 때문에 세상을 '100퍼센트 옳다', 아니면 '100퍼센트 그르다'는 이분법으로 본다.

인간에게는 좋은 면과 나쁜 면이 동시에 존재한다는 사실을 이해하지 못하는 것이다.

그렇기 때문에 숭배라고 해도 좋을 만큼 누군가에게 의지했다가 아주 사소한 일을 계기로 평가가 백팔십도 바뀌어 욕을 퍼부을 정도로 미워하는 일이 많다.

다른 사람에게 의지하고 싶은 마음이 받아들여지는 동안은 괜찮지만 조금만 거부당하면 자신이 버림받았다고 생각해서 완전히 돌변한다. 어려운 말로 하면 의존공격형(자신을 보호해주지 않는 상대를 공격하는 유형-옮긴이), 책임전가형, 좀 더 일상적인 말로 하면 극단적으로 제멋대로인 상태가 되는 것이다.

이 때문에 애착장애가 있는 아이는 대인 관계가 매우 불안정하며 표면적이다.

겉으로 드러난 조건, 다시 말해 사람을 자신에게 이익이 되는지 여부를 기준으로 판단하고, 자기보다 강한 사람에게는 착하게 굴고 약한 사람은 괴롭힌다. 자신이 괴롭힘을 당하는 경우도 적지 않다.

또 성적 학대를 받은 아이의 경우에는 특유의 눈에 띄는 행동이 있다.

남자아이는 사람을 피하고, 반대로 여자아이는 언뜻 속마음을 떠보는 태도를 취하며, 자기 쪽에서 먼저 다가갔다가도 상대가 다가오면 도망친다.

애착장애 증상 ④

또래 친구를 사귀지 못한다

늘 지저분한 환경에서 방치된 채 지내다 보면 그런 상황을 당연하게 받아들이게 된다. 부모에게 자신을 가꾸거나 청결을 유지하는 법을 배우지 못했기 때문에 자주 씻지 않아도 불편하거나 부끄러워하지 않고 옷이 더러워져도 갈아입지 않는다.

또 머리말에서 설명했듯 뇌가 발달하는 동안에 문제 상황을 겪었다면 공감 능력이 발달하지 못한다. 상대가 무슨 생각을 하는지 이해하지 못하는 데다 공감이나 동정 같은 감정의 변화도 잘 알아차리지 못하기 때문에 매정한 말과 행동을 아무렇지 않게 한다.

정신적으로 나약하고 자신의 잘못을 인정하지 않으며 책임져야 할 일이 생기면 주위 사람에게 떠넘긴다. 자신을 보호하기 위해서, 아니면 모든 일에서 이기려는 욕심에서 거짓말도 서슴지 않아 차츰 또래 아이들에게 외면당한다.

자신감이 없고 대등한 관계를 유지하지 못하기 때문에 제멋대로 굴어도 너그럽게 받아주는 연상이나 자신이 잘난 체할 수 있는 연하의 상대만 가까이한다. 그렇지만 정작 본인은 자신감이 없다는 사실을 눈치채지 못하는 경우가 많다.

반면 모르는 사람이나 별로 친하지 않은 사람에게 애교를 부리기도 한다.

이는 사람을 자신에게 이익이 되는지 여부로 판단하기 때문에 상대의 본심을 알아차리지 못해서이거나, 아니면 애교를 부림으로써 자신을 지키려고 하는 자기방어 본능 때문인데, 반대로 위험을 눈치채지 못해 엄청난 문제 상황에 발을 들여놓는 일도 있다.

버림받을지 모른다는 불안 심리가 강하기 때문에 어떻게 해서든 버림받지 않으려고 눈물겹게 노력하고, 상대의 말이라면 무조건 따르다가 최악의 경우 중대한 사건이나 범죄에 휘말리기도 한다.

애착장애 증상 ⑤

병이나 상처가 많다

안심할 수 없는 환경에서 양육된 아이는 주의집중력이 떨어져 상처가 잘 나고, 사고를 일으키기 쉬운 것도 특징이다. 유전적으로 발생하는 ADHD(주의력 결핍 과잉행동장애) 아동과 구별하기 쉽지 않은 점도 있다.

또 구타를 자주 당하면 통증에 둔감해져 상처가 나도 그대로 내버려두게 된다. 몸과 마음을 분리해 통증을 견디려는 것이다.

병원에 데려가는 사람도 없고 증상이 심해질 때까지 눈치채지 못하는 경우도 있다. 내가 본 환자 중에는 발바닥에 난 상처를 방치했다가 병원에 왔을 때는 염증이 이미 뼈까지 번져 골수염을 일으킨 초등학생도 있었다.

적절한 보살핌을 받지 못하고 일상생활의 흐름이 불규칙

해서 스트레스호르몬은 많이 분비되고 성장호르몬은 적게 분비되기 때문에 신체적으로도 나이에 비해 미숙하고 몸집이 작다.

반대로 소아 비만이 되는 경우도 있는데, 엄마가 모든 욕구나 문제를 음식으로 해결하려고 하는 탓에 아이에게 간식 같은 먹을거리를 너무 많이 주기 때문이다.

아이가 울 때 달래는 방법을 모르거나, 아니면 아무도 도와주지 않아서 일단 아이의 울음부터 그치게 하려고 먹을거리로 견디기 힘든 상황을 모면하는 것이다. 이 때문에 아기가 분유를 과잉 섭취하는 경우도 있다.

애착장애 증상 ⑥

의존성이 강하다

가장 편안하고 가깝다고 느껴야 할 부모와 친밀한 관계를 형성하지 못한 아이는 부모 대신 다른 무엇인가에 의존하게 된다.

보통은 사람이 아닌 물건이나 행위에 의존하는 경우가 많아서 유소년기에는 인형이나 이불, 손수건, 텔레비전, 비디오, 장난감, 음식에 집착하다가 학령기 이후에는 알코올, 게임,

약물, 음식물(섭취장애), 운동, 학업, 일(워커홀릭) 등 나이에 따라 다른 대상을 찾는다. 최근에는 게임, 도박, 인터넷, 휴대전화 등에 빠진 아이도 많다.

애착으로서 집착하는 경우에는 마음이 충족되고 위안을 받지만 의존으로는 마음도 채워지지 않고 위안도 되지 않는다.

의존은 그 대상이 무엇이든 자신의 의지로 즐긴다기보다는 불안감에서 벗어나기 위해 매달리지 않으면 불안을 느끼는 '중독' 상태다.

약물 의존 중 가장 많은 것이 담배다. 흡연자 중 95퍼센트가 스무 살 이전에 담배를 피우기 시작하며 나머지 5퍼센트는 스무여섯 살 이전에 시작한다고 한다. 스무여섯 살이 지나면 흡연이 습관화될 일은 없다.

부모 이외의 사람에게 의존하는 아이도 있다.

이를 '대인 의존'이라고 부르는데, 매달린다고 표현해도 좋을 만큼 특정인에게 집착하는 증상으로 이성 의존, 스토커도 대인 의존이다.

또 가정 폭력이나 알코올 의존증 같은 문제가 있는 남성을 돌보다가 '이 사람은 내가 없으면 안 된다'며 자신의 존재 가치를 주위의 기준에 의존해서 확인하는 '공동 의존' 상태에

빠지는 사람도 있다. 이 경우도 대인 의존이라고 할 수 있다.

주변에서 "왜 그런 꼴을 당하면서도 헤어지지 못하냐?"는 말을 듣는 연인 관계가 있다면 공동 의존 상태라고 봐야 한다.

애착장애 증상 ⑦

가족에게 반항하고 폭력을 휘두른다

사춘기가 지난 남자아이는 가정 폭력을 저지르는 일도 적지 않다.

인상이 좋고 밖에서는 얌전하지만 집에 오면 큰소리치는 '집 안 호랑이' 유형인 사람에게 볼 수 있으며, 가족이 가정 폭력 사실을 숨기기 때문에 실태가 드러나지 않은 채 오랫동안 계속된다.

이는 지금까지 억압해온 분노, 절망, 한, 불안이 한꺼번에 폭발해 나타나는 현상이다. 심리적인 아버지의 부재, 어머니의 자기중심적인 밀착이나 지배를 견뎌온 자신이 부모에게 받은 엄격한 훈육과 엉뚱한 화풀이에 대해 무의식적으로 복수하는 것이다.

과거 자신을 공격한 부모와 완전히 똑같은 형태로 부모를 공격하는데, 여기에는 34쪽에서 설명한 '거울 뉴런'이 관여한다고 볼 수 있다. 아이의 기억 밑바닥에 지워지지 않은 채 트라우마로 남아 있던 감정이 발현하는 셈이다.

한편으로는 가족이 자신을 버리지 않을지 확인하는 작업이기도 하다.

부모가 제대로 대응해주면 증상은 가라앉지만 그리 간단하지 않다.

애착장애가 있는 아이는 부모에게 도움을 받거나 인정받은 경험이 부족하기 때문에 부모가 태도를 바꾸어서 아이를 받아들이려고 노력해도 그것이 진심인지 확인하기 위해 일시적으로 더욱 거칠어지는 일이 있다. 그 과정에서 엄마가 아이에게 맞아 실명하거나 뼈가 부러지는 사례도 있었다.

한번 꼬여버린 부모와 자식의 인연은 시간이 지날수록 회복하기 힘들다.

문제행동 뒤에는 '버림받을지 모른다는 불안'이 있다

지금까지 애착장애가 있는 아이에게 흔히 볼 수 있는 특징을 설명했다.

이처럼 애착장애에서 비롯된 모든 문제행동의 바탕에는 기본적으로 '버림받을지 모른다는 불안'이 깔려 있다. 인간은 누구나 많든 적든 이별의 불안을 안고 산다. 그래도 상대방에게 기본적인 신뢰가 있으면 그런 스트레스에도 스스로 대처할 수 있다.

하지만 애착장애를 유발할 정도의 상황에는 반드시 견디기 힘든 외로움이나 불안이 있다.

버림받을지 모른다는 불안은 정신 질환의 하나인 '경계성성격장애'의 대표 증상이기도 하다.

경계성성격장애는 유기, 분리, 착취 등 부적절하게 양육된 아이가 도달하는 가장 위험한 정신 질환이다.

경계성성격장애가 있는 사람이 느끼는 자각증상에서 가장 중요한 것은 억울함인데, 늘 감정이 불안정하고 의존적이어서 안정된 대인 관계를 맺지 못한다.

다른 사람에게 의지하려는 마음이 받아들여지는 동안은 괜찮지만 뜻대로 되지 않는다고 느끼면 돌변한다. 다른 사람의 사소한 말이나 태도에 자신이 버림받았다고 믿고 갑자기 침울해지거나 상대방을 심하게 공격한다.

미국정신의학회의 진단 기준인 《DSM-IV-TR 정신 질환 분석과 진단 기준》에서는 경계성성격장애를 다음과 같이 정의한다.

> 경계성성격장애는 대인 관계, 자기상, 감정의 불안정 및 두드러진 충동성의 광범위한 양식(樣式)으로, 성인기 초기에 시작되며 다양한 상황에서 드러난다. 다음의 5가지(아니면 그 이상)로 나타난다.

① 현실에서나 상상 속에서 버림받지 않기 위해 미친 듯이 노력함

[주] 기준 5에서 다루는 자살이나 자해 행위는 포함하지 않는다.

② 과대 이상화와 과소평가의 양극단을 왔다 갔다 하는 것이 특징인 불안정하고 격렬한 대인 관계 양상

③ 동일성 장애 : 현저하고 지속적인 불안정한 자기 이미지나 자신의 느낌

④ 자신에게 상처 입힐 가능성이 있는 최소 2가지 영역에 걸친 충동성(예 : 낭비, 성행위, 물질 남용, 무모한 운전, 폭식)

[주] 기준 5에서 다루는 자살이나 자해 행위는 포함하지 않는다.

⑤ 자살 행위, 시늉, 위협, 자해 행위의 반복

⑥ 현저한 기분의 반응성으로 인한 감정 불안정(예 : 통상 2~3시간 지속되고 2~3일 이상 지속되는 일은 드물며, 단편적으로 일어나는 불쾌한 기분, 짜증, 불안)

⑦ 만성적인 공허감

⑧ 부적절하고 격렬한 분노나 분노 조절 곤란(예: 종종 짜증을 낸다, 늘 화가 나 있다, 싸움을 자주 한다)

⑨ 일시적인 스트레스와 연관된 망상과 유사한 사고나 병세가 심각한 해리 증상

우울증이나 조현병처럼 뇌의 기질적인 정신 질환과는 달리 경계성성격장애는 약물로 치료되는 경우가 거의 없다.

진단 유무와 상관없이 인구의 1~2퍼센트 정도는 심한 증상을 보인다고 한다.

내가 만났던 환자들 중에서는 자신이 부모가 되었을 때 자녀와 친밀한 관계를 맺지 못해 아이가 애착을 형성하기 힘든 사람도 있었고, 지금까지 살펴본 여러 애착장애 증상을 보인 엄마 가운데는 경계성성격장애가 의심되는 경우도 많았다.

실제로 정신과나 심리 치료 기관에서 치료를 받는 엄마도 많았는데, 이런 경우라면 자녀와 관계성을 기르기 위해 노력해야 하는 상태라고 할 수 있다.

애착장애와 발달장애는 완전히 다르다

애착장애와 그 연장선상에 있는 경계성성격장애는 발달장애와 비슷한 양상을 보이기도 한다.

발달장애라고 하면 아이 특유의 문제라고 생각하기 쉽지만 최근에는 성인의 발달장애도 문제가 되고 있다. 자주 화제가 되는 'ADHD'나 '아스퍼거증후군' 등이 그렇다[도표 2-1].

이와 같은 발달장애는 세계 각 분야의 발전에 기여한 사람들에서도 많이 볼 수 있다.

발달장애는 병이 아니기 때문에 치료를 해도 낫지 않는다. 또 선천적인 성질이기 때문에 육아법 같은 환경적인 요인으

유사 ADHD 증상과 ADHD의 유사점

항목	유사 ADHD 증상	ADHD
임상상	과잉행동장애를 보인다	과잉행동장애를 보인다
과잉행동을 보일 때	감정 고조가 있다	감정 고조가 있다
섬세한 일 처리	서투르다	서투르다
시간 관리	계획을 세우지 못한다	계획을 세우지 못한다
정리 정돈	매우 서툴다	매우 서툴다
싸움	매우 잦다	매우 잦다

유사 ADHD 증상과 ADHD의 감별법

항목	유사 ADHD 증상	ADHD
임상상	주의력 결핍 우세형이 많다	혼합형이 많다
과잉행동을 보일 때	일정하지 않다. 저녁부터 감정이 고조된다	비교적 하루 종일 과잉행동을 한다
대인 관계	역설적이고 복잡하다	단순하고 솔직하다
약물요법	중추자극제는 효과가 없다. 항우울제와 항정신병 약물이 효과적이다	중추자극제가 가장 효과적이다
반항도전성장애, 비행으로 이행	매우 많다	비교적 적다
해리	주의해서 보면 매우 많다	보이지 않는다 (있으면 제외 진단)

[도표 2-1] **애착장애와 그렇지 않은 아이의 비교표**

출처 : 스기야마 토시로(杉山登志郎) 《아동학대라는 제4의 발달장애》 학습연구사, 2007년

로 결정되지 않는다.

그러나 태어날 때부터 키우기 힘든 아이는 부모에게 신체적 학대를 받을 위험이 2.5~3배 이상 높아지기 때문에 증상은 다듬어지고, 진단 기준에서 벗어난 행동을 보이기도 한다.

단, 순수한 발달장애아는 거짓말을 거의 하지 않는다. 설령 거짓말을 하더라도 곧바로 들통날 만큼 어리숙하게 하기 때문에 주위 사람이 금방 알아차린다.

반면 부적절한 양육으로 누구에게도 보살핌을 받지 못해 애착장애가 있는 아이는 자신을 보호하기 위해 교묘하게 거짓말을 한다. 경계성성격장애도 마찬가지다.

버림받지 않을까 확인하기 위해, 아니면 주위 사람들을 조종하기 위해 매우 약삭빠르게 거짓말을 하거나 다른 사람을 탓한다.

또 발달장애는 유전적인 요인이 대부분이지만, 태아기의 뇌 발달 단계에서 일어난 문제(임산부의 음주나 흡연, 스트레스 등)로 증상이 나타나거나 악화된다는 사실도 밝혀졌다.

아이를 애착장애로 만드는 부모의 특징

처음에는 아이가 짊어진 짐이 눈에 보이지 않는다. 근본 문제는 내면에 있기 때문이다. 그래서 주위에서는 단순히 아이의 성격 문제라고 판단하는 경우도 적지 않다.

그러다가 아이가 등교 거부, 비행, 성적 이상 행동, 가정 폭력, 섭식장애(거식증, 과식증), 자살 · 자살 기도 같은 행동을 보이면 그때서야 부모는 아이가 안고 있는 문제에 눈을 돌린다.

그러나 그동안 아이를 받아주지 않았던 부모는 아이를 이해하지 못하고, 자신의 양육과 아이를 대하는 방식에 아무런 의문도 품지 않았기 때문에 ADHD나 자폐증 같은 발달장애가 아닐까 의심한다.

실제로 발달장애와 애착장애를 분간하기는 어렵다. 그러나 최근 나는 소아과 진료 현장에서 이상한 점을 발견했다.

예전에는 이상행동을 보이는 아이에게 자폐증이 의심된다고 말하면 부모는 거의 대부분 인정하지 않았다.

그러나 최근에는 "육아법을 포함한 환경 요인 때문에 생긴 이상입니다"라고 말해도 "그럴 리 없어요. 혹시 자폐증 아닐까요?"라고 묻는 부모가 늘었다.

아이가 발달장애라면 '기질적인 문제니까 하는 수 없다, 역시 내 육아법은 틀리지 않았어'라고 안심할 수 있기 때문일까?

비슷한 예로 "우리 애만 이상한 게 아니다. 아니, 이상한 건 다른 애들이다"라고 우기는 부모도 많아지고 있다.

아이가 왜 문제행동을 일으키는지 생각할 마음의 여유가 없고, 문제행동을 일으킬 만큼 힘들어하는 아이보다 그 때문에 곤란을 겪는 부모 자신을 불쌍하게 여기는 것이다.

씁쓸하지만 여기에는 누구에게도 인정받지 못하고 고립된 가족의 모습이 반영되어 있다.

그럴 때마다 '이 엄마는 부모한테도, 남편한테도, 다른 누구

한테도 의지하지 않고 힘든 육아를 하고 있을지도 몰라.'

'어쩌면 엄마 자신도 어린 시절을 힘들게 보냈을지 몰라.'

'온 나라가 경제성장에만 몰두한 결과 아이를 키우기 힘든 환경이 되어버린 것인지도 몰라.'

좀처럼 자신의 문제를 인정하지 못하는 엄마들을 만날 때마다 나는 이런 생각을 한다.

제3장

여성의 뇌에서 모성의 뇌로

모성과 부성은 본능이 아니다

앞에서 세 살까지의 양육이 얼마나 중요하고, 그것이 아이의 인생에 얼마나 큰 영향을 끼치는지, 적절한 양육을 받지 못해 애착장애를 겪는 아이가 얼마나 힘들게 살게 되는지 이야기했다.

이런 이야기를 하면 때때로 부모들에게 공격을 받곤 한다.

"자식을 사랑하지 않는 부모는 없다."

"배 아파서 낳은 자식이 사랑스럽지 않다니 말도 안 된다."

'모성 본능'이라는 말로 대표되는 이와 같은 사고 방식은 아직까지 우리 사회에 뿌리 깊이 남아 있다.

하지만 모성이나 부성이라는 개념은 인간이 저절로 갖추는 특성이 아니다.

만일 모성이나 부성이 본능처럼 타고나는 것이라면 아이를 학대하거나 버리는 일은 절대 일어나지 않아야 한다.

흔히 '여성은 아이를 낳으면 부모가 되지만 남성은 천천히 부모가 된다'고 말한다. 엄밀히 말하면 이것도 틀린 소리다.

모성이나 부성은 본능이 아니다. 경험을 통해 생겨나 완성되는 것이다. 따라서 여성이나 남성 모두 아이를 기르면서 부모가 되는 것이라고 표현해야 맞다.

단, 여성은 임신과 출산이 신체뿐만 아니라 뇌까지 크게 바꾸는 계기가 되는 것은 분명하다.

여성은 출산과 양육을 거치면서 어린 시절 자신이 처한 양육 환경과 자식을 낳고 기르는 환경의 영향을 받아 '여성의 뇌'에서 '모성의 뇌'로 변화한다.

애초에 주산기(周産期) 의료란 여성의 뇌에서 모성의 뇌로 바뀌는 과정을 지켜보는 것이라고 생각한다.

여성의 뇌와 모성의 뇌는 무엇이 다른가?

여성의 뇌와 모성의 뇌는 무엇이 어떻게 다를까?

[도표 3-1]에서 정리한 내용을 보자.

여성의 뇌는 관심의 우선순위가 자기 자신이다. 취미나 일, 연애 따위를 통해 자기실현을 목표로 하는 것이 특징이다.

여성의 뇌	사회에서 자기실현이나 자신의 관심사를 우선한다. 공포나 불안에 대응해서 자신을 방어한다.
모성의 뇌	아이를 우선한다. 공포나 불안을 잘 느끼지 않으며 아이를 지키기 위해 행동한다.

[도표 3-1] **여성의 뇌와 모성의 뇌의 차이점**

여성의 뇌에서는 본능을 담당하는 시상하부가 활발하게 활동한다. 시상하부는 성욕이나 식욕, 공격성 등을 관장하는 다양한 중추를 포함하며 기분을 좌우하는 곳이기도 하다.

사랑을 하면 이 시상하부가 활발하게 작동하기 때문에 누군가를 좋아하게 되면 감정의 기복이 커진다. 시상하부는 생식행동에도 관여한다.

사춘기 이후 여성은 기본적으로 여성의 뇌로 살아간다.

그러나 아이를 임신하고 출산하고 젖을 물리는 동안 시상하부의 기능이 급격히 저하된다.

이것이 바로 뇌의 모성화다. 아이를 임신하고 출산하고 젖을 주는 동안 여성의 뇌에서 모성의 뇌로 변해가는 것이다.

모성의 뇌로 바뀌면 흥미의 대상이 자기 자신이나 자기실현에서 자녀로 바뀐다. 본능의 뇌인 시상하부의 기능이 저하되기 때문에 감정의 동요가 줄고 마음이 잔잔해지며 관심이 자녀에게 집중된다.

시상하부 대신 시각을 관장하는 후두엽의 작용이 활발해져 인지적으로 아이를 관찰할 수 있게 된다.

또 모성의 뇌로 바뀌면 남성인 남편에 대한 관심이 줄어든다. 엄마처럼 아내가 자신을 돌봐주기를 바라는 철없는 남편이라면 아이를 질투한 나머지 학대하는 일도 생긴다.

그래도 모성의 뇌로 바뀐 엄마는 아이를 지킬 수 있고 남편보다 아이를 우선한다.

아이를 낳아도 모성의 뇌로 바뀌지 않는 여성

최근에는 아이를 낳고 엄마가 된 뒤에도 모성의 뇌로 변화하지 않고 여성의 뇌로 남는 여성이 늘고 있다.

여성의 뇌로 남으면 육아가 고통스럽게 느껴지고 아이를 돌보지 않는 문제가 발생한다.

중증은 아니지만 '아이 때문에 내 시간이 없는 게 싫다'거나 '육아가 힘들다. 가능한 한 빨리 어린이집에 맡기고 직장에 복귀하고 싶다'고 생각하는 엄마도 여성의 뇌에서 모성의 뇌로 바뀌지 않은 경우라고 할 수 있다.

언뜻 자기 자신보다 아이의 학업에 더 신경 쓰는 고3 엄마나 연예인 매니저처럼 아이를 따라다니며 일정을 관리하는 엄마, 아이의 가능성을 찾아주겠다며 예체능 교육에 열중하는 엄마도 사실은 여성의 뇌에 머물러 있는 엄마다.

아이를 통해 자기실현의 꿈을 이루고 싶어 하는 것이기 때문이다.

여성의 뇌를 모성의 뇌로 바꾸는 '옥시토신'

그렇다면 아기를 낳은 뒤에도 여전히 여성의 뇌로 남아 있는 이유는 무엇일까? 또 어떻게 하면 여성의 뇌에서 모성의 뇌로 바뀔까?

여성의 뇌에서 모성의 뇌로 변화하는 데는 신뢰의 호르몬이라고도 부르는 '옥시토신'이라는 신경전달물질이 중요한 역할을 한다.

옥시토신은 뇌의 시상하부에서 합성되어 하수체에서 분비되는 호르몬이다. 뇌에서 옥시토신이 만들어지면 뇌의 특정 부위에 작용해 신뢰감을 느낀다고 추측된다.

옥시토신 수용체는 쾌락의 중추인 측좌핵(뇌 좌우의 신경군), 전전두엽(전두엽 앞부분) 등 쾌락 회로와 보상 체계, 학습 강화라는 특징으로 대표되는 도파민 신경이 흐르는 영역에 분포한다.

옥시토신은 엄마의 몸에 진통을 유발하고 젖을 돌게 한다.

먼저 진통 때 옥시토신이 대량 분비되어 자궁 근육이 수축하고, 진통의 강한 통증으로 하수체에서 베타엔도르핀이 방출된다.

진통과 진통 사이에 방출되는 베타엔도르핀은 강한 진정 효과가 있어서 산모가 안도감을 느끼게 한다. 산모가 출산의 고통을 견딜 수 있는 것은 이와 같은 작용 때문이다.

또 아기가 엄마의 젖을 빨면 옥시토신이 분비되어 산모의 측좌핵, 전전두엽의 보상 시스템 활동이 활발해지기 때문에 쾌락 회로가 활성화된다.

이러한 진통과 수유 시스템으로 모성의 뇌가 형성되고, 그 결과 무엇보다 아이를 최우선으로 생각하게끔 의식이 변해간다고 추측한다.

편도체도 옥시토신 수용체가 풍부한 변연계다.

편도체는 좌우 뇌 중심부에 자리 잡고 있으며 희로애락의 감정을 관장한다. 또 상대방의 부정적인 표정을 읽어내는 역할도 한다.

그런데 수유를 하면서 옥시토신이 분비되면 이 편도체의 기능은 제어된다.

다시 말해 엄마가 아기를 위해서라면 어떤 두려움에도 맞설 수 있게 되는 것은 편도체에 옥시토신이 작용하기 때문이다.

여성의 뇌는 사회에서 자아를 실현하거나 경쟁하는 데서 쾌락을 느끼고 삶의 보람을 찾지만, 불안이나 공포에는 약한 면이 있다.

그런데 모성의 뇌로 바뀌면 자기보다 자녀를 우선하게 되고, 나아가 옥시토신이 분비되기 때문에 불안이나 공포를 느끼는 상황에서도 아이를 위해서라면 물불 가리지 않고 행동할 수 있는 것이다.

예부터 '엄마는 강하다'라고 한 데는 이런 신체의 비밀이 숨어 있었던 셈이다.

출산 직후, 아이와의 스킨십이 중요하다

옥시토신은 신체 접촉으로도 분비된다.

특히 출산 직후 모자의 신체 접촉과 관련된 실험 데이터가 있다.

출산 직후의 산모를 맨살로 자식을 품에 안은 A그룹과 출산 후 아기를 목욕시키고 배냇저고리를 입힌 다음에 안은 B그룹으로 나누고 이후의 육아행동을 비교했다.

추적 조사를 해보니 유아기에 아기에게 말을 건 시간은 A그룹 쪽이 많았다.

6년 뒤 아이의 지능지수를 비교한 결과 A그룹 아이가 B그룹보다 평균 5 정도 높았다.

또 유아 건강검진 때 A그룹의 엄마는 아이를 간호사에게 맡기지 않고 직접 옷을 갈아입히려고 했지만, B그룹의 엄마 중에는 별다른 망설임 없이 아이를 간호사에게 맡기고 옆에서 검진하는 모습을 지켜보는 사람이 많았다.

안타깝게도 진통 촉진제로 정맥에 투여하는 옥시토신은 뇌까지 도달하지 않기 때문에 도파민 신경계에는 작용하지 않고, 지속해서 투여하면 진통 간헐기에 분비되는 베타엔도르핀의 진정 효과가 발휘되지 않고 자궁 수축만 일으키는 고통뿐인 출산이 될 가능성이 있다.

이와 같은 사실을 바탕으로 볼 때, 출산 전후에 모성의 뇌로 빨리 변화하려면 다음의 3가지 요소가 중요하다.

- 자연스러운 진통을 동반한 출산
- 아기와 눈을 맞추며 모유 수유
- 출산 직후부터 아기와 맨살로 접촉

당신은 힘들 때
엄마에게 의지합니까?

드물게 유전적으로 옥시토신 수용체가 다형(多型)인 가계가 있다. (다형은 보통과 다른 유전자 빈도가 전체의 1퍼센트 이상일 때를 말한다. 분자생물학과 유전학에서는 DNA 배열상의 다형, 다시 말해 유전적 다형을 가리킨다.) 이런 가계의 여성은 아이를 간절히 원해 젊은 나이에 자식을 많이 낳는다. 가계가 대대로 젊은 나이에 출산하기 때문에 중년이 나이에 손주를 여럿 둔 할머니가 되는 사람도 드물지 않다.

이처럼 출산 육아의 조건 외에도 모성의 뇌로 쉽게 변하는 성질이 있다.

반면 좀처럼 모성의 뇌로 변하지 않는 성질도 존재한다. 대부분 엄마 자신이 유소년기에 부모와 애착 관계를 형성하지 못한 경우다.

이러한 사실을 엄마들에게 전할 때는 매우 신중해야 한다. 듣는 쪽에서 부정하거나 반감을 느낄 확률이 크기 때문이다.

"우리 엄마는 저를 제대로 키워주셨어요. 사랑을 듬뿍 받으며 자랐다고요. 무례하시군요!"라고 화내는 사람도 있다.

그러나 애착에 문제가 있는지 여부는 "당신은 육아를 포함해 힘든 일이 생겼을 때 엄마에게 의지할 수 있습니까?"라는 질문에 대한 대답으로 대략 알 수 있다.

"네, 언제나 도와주세요."

환한 얼굴로 이렇게 대답한다면 다행이다.

그러나 "당연하지요. 언제든 도와주십니다"라고 격한 어조로 대답한다면 주의해야 한다. 나아가 "엄마도 일을 하시느라 바빠서……" "가까이 살면 좋은데 멀리 떨어져 살기 때문에……" "요즘 몸이 약해지셔서……" 등 여러 이유로 친정엄마에게 도움을 청할 수 없다고 대답한다면 엄마 자신이 애착에 문제가 있거나 앞으로 자녀가 애착을 형성하지 못할 위험이 있다.

애착의 4가지 유형

실제로 문제가 있어 상담하러 온 엄마의 이야기를 들어보면 자신이 어릴 때 받은 부적절한 양육의 그림자가 지금까지 이어진다는 것을 알 수 있다. 심한 정도의 애착장애라고는 할 수 없지만 힘든 과거의 상처를 끌어안고 필사적으로 노력하는 모습이 보인다.

되풀이해서 말하지만 아이의 문제행동이나 이상 신체 증상은 부모가 원인인 경우가 많다.

아이 문제로 병원을 찾았지만 오히려 엄마의 아물지 않은 상처가 더 큰 문제였던 것이다.

이럴 때는 엄마에게 친정엄마와 겪은 일을 되짚어보라고 말한다. 이때 엄마의 이야기와 말에 담긴 감정으로 '모자 애착' 상태를 크게 '안정형'과 '불안정형'으로 나눌 수 있다.

✓ 안정형

안정형인 엄마는 실제로 체험한 느낌을 여유 있고 솔직하게 이야기한다.

친정엄마와 안정된 애착을 형성한 엄마는 영유아 건강검진 때 종종 친정엄마(아기의 외할머니)와 함께 온다.

"어릴 때 당신의 어머님은 어떤 부모였나요?"

그렇게 물으면 친정엄마와 웃음을 나누면서 즐겁게 과거를 추억한다.

"이런 걸 해주셨어요."

"이런 일이 있었지요."

친정엄마도 기꺼이 대화에 참여한다.

거기에는 긴장감이 없다. 부드러운 분위기에서 대화가 진행되며 아기도 울지 않는다.

이런 유형의 엄마는 걱정할 것이 없다.

힘들 때 언제든지 도와줄 친정엄마가 곁에 있고 두 사람 사이에는 평생 변함이 없을 애착이 굳건히 구축되어 있기 때문이다.

불안정형

불안정형은 다시 3가지 유형으로 나눌 수 있다.

① 불안정 반려형

불안정 반려형인 엄마는 자신의 부모를 미화해서 이야기한다. 하지만 이야기 속에 자신의 체험은 없으며 마치 다른 사람의 이야기를 하듯 말한다. 구체적인 추억이 없는 것도 특징이다.

어느 날 신생아 집중 치료실 문 앞에 한 엄마가 우두커니 서 있었다. 임신 34주 만에 조산하고 입원한 상태에서 아기를 면회하러 온 것인데, 웬일인지 치료실에 들어가지 못하고 있었다.

이유를 물어보니 아기와 단둘이 있는 것이 두렵다는 것이다.

첫아이여서 남편과 시집 식구들은 아이가 태어난 것을 매우 기뻐했다.

엄마도 임신 기간에는 힘들어하지 않았다. 출산할 때는 조산사와 남편이 함께 있어줬고, 산모도 살짝 웃기까지 했다. 그런데도 아기를 보는 게 두렵다며 눈물을 흘렸다.

이 엄마는 상담에서 다음과 같은 이야기를 했다.

"친정어머님이 육아를 도와줍니까?"

"엄마는 중요한 일을 하시기 때문에 시간을 낼 수 없어요."

"친정어머님은 어떤 부모였나요?"

"정말 좋은 분이셨어요."

"좋은 부모란 어떤 부모인가요?"

"늘 일하느라 바쁘셔도…… 잘 생각나지 않네요. 하지만 훌륭한 엄마였죠. 저는 엄마한테 칭찬받으려고 열심히 공부해서 대학을 졸업하고 부모님의 권유로 선을 봐서 남편과 결혼했어요. 행복합니다."

"아기는 어떻습니까?"

"태어나기를 기대하고 있었어요……. 하지만 두려워요. 아기와 단 둘이 있거나 아기를 쳐다보면 핏기가 가시는 듯한 느낌이 들어요. 남편이 옆에 있어주면 어떻게든 하겠는데, 혼자서는 치료실에 못 들어가겠어요."

② 불안정 몰입형

불안정 몰입형인 엄마는 매우 혼란스러워한다. 질문을 받으면 강압적으로 과거의 사건을 이야기한다.

어느 날, 28개월이 된 남자아이를 데리고 부모가 병원을 찾았다.

엄마는 강한 어조로 "아이가 가만히 있지를 못해요" "말이 늦어요" "자폐증이라는 진단을 받았어요"라며 하소연했다.

남자아이는 아빠의 무릎 위에 앉아서 그런 엄마를 곁눈질로 훔쳐보고 있었다.

"어릴 때 친정어머님은 어떤 부모였습니까요?"

내 질문에 엄마는 다음과 같이 이야기했다.

"그 거지 같은 할망구는 맨날 나한테 호통만 쳤어요. 집안일도 하지 않고 남편은 내팽개치고 집에 있지도 않았지요. 돌아오면 술 냄새가 진동했고요. 기분이 좋을 때는 사달라는 건 뭐든 다 사주고……. 다정할 때도 있었어요. 매 맞은 적은 있지만 심하게 맞은 것은 아니었어요."

"칭찬받은 적은 있나요?"

"없어요. 언제나 꽥꽥 잔소리를 해댔기 때문에, 그래서 저도 아이에게 그러는 거예요."

실제로 이 엄마는 늘 아이에게 폭언을 쏟아내고 있었다.

"말로 하면 듣지를 않아서 매번 때려서 가르쳐야 해요"라는 말도 덧붙였다.

③ 불안정 미해결형

불안정 미해결형인 엄마는 마음이 과거의 깊은 심리적 외상이나 대상 상실(object loss)에 사로잡혀 현재도 현실 세계를 향하지 못하는 상태다. 정신 질환 진단을 받는 경우가 많으며 정신과 통원 이력이 있다. 자신이 태어날 때부터 엄마와 문제가 있었고, 이후에도 다양한 문제를 안고 있다. 그중에는 친정엄마가 없는 경우도 많고, 있더라도 정말로 친엄마인지 알 수 없다든지 보살핌을 받을 수 없는 상태로 자란 경우가 많다.

상담 현장에서는 보통 다음과 같은 대화를 나누게 된다.

"어릴 때 당신의 어머님은 어떤 부모였나요?"

"아빠는 여자 관계가 복잡했고 저는 계모 손에 컸어요. 계모는 저한테 쓰레기를 먹였어요."

아니면

"엄마는 연예인이어서 집에 거의 없었어요. 아빠도 없었고요. 나중에 들은 얘기로는 아빠가 감옥에 있었다고 해요."

아니면

"엄마는 정신 질환으로 병원을 들락날락했어요. 아빠는 없었고요. 저는 시설에서 자랐어요."

불안정 미해결형인 엄마 중에는 유소년기 기억이 없는 경우가 많고, 있다고 해도 과거 기억에는 성적 학대가 따라다닌다.

성적 학대라고 하면 매우 드물고 충격적인 일로 들리겠지만 애착 문제를 다루다보면 깜짝 놀랄 만큼 많은 실례를 확인할 수 있다.

불안정 미해결형인 엄마는 다른 불안정형 엄마보다 증상이 훨씬 심해서 아이가 태어나면 깨물어버리고 싶다든지 내던지고 싶은 충동을 느끼기도 하고, 정신을 놓고 아기의 목을 조르는 일이 있기 때문에 각별히 주의를 기울여야 한다.

후두엽의 시각 영역에 문제가 있어 사물이 뒤틀려 보이거나 안 보이는 증상이 나타나 아이를 제대로 바라보지 못하기도 한다.

안타깝지만 엄마가 불안정 미해결형인 경우에는 증상이 안정될 때까지 모자 단둘이 두면 안 된다는 판단을 내리는 경우가 많다.

유산이나 사산을 경험한 경우

아이와 관계가 좋지 않은 엄마 중에는 유산이나 사산을 경험한 사람도 적지 않다.

공통점은 가족이나 주위 사람에게 다음과 같은 말을 들었다는 것이다.

"흔한 일이야. 네가 잘못해서 생긴 일이 아니라고."

"긍정적으로 생각해. 힘내고."

"애는 또 가지면 되지."

모두 산모를 위로하려고 한 말이다.

매우 안타까운 일이지만 실제로 유산이나 사산은 그렇게

드문 일이 아니며 요인도 매우 다양하다.

하지만 엄마에게는 특별한 아이이다.

아이를 잃은 슬픔, 엄마에게 문제가 없었다고 해도 무사히 낳지 못했다는 죄책감, 자책하는 마음에 사로잡힌다.

여러분은 장례식장에서 사랑하는 아기를 잃은 엄마에게 "흔한 일이야" "애는 또 낳으면 돼"라고 말할 수 있을까?

태아(胎兒)라도 마찬가지다.

본래 유산이나 사산도 상복을 입고 슬픔을 달랠 기간이 필요하다. 누군가에게 슬픔을 호소해 위로받고 기댈 시간이 필요한 것이다.

그러나 실제로는 위로라고 한 소리에 상처를 입어도 상대의 마음을 알기에 괜찮은 척 아무렇지 않게 행동하는 엄마가 많다.

자연히 아이 이야기는 피하게 되고, 길에서 임신한 사람이나 아기를 보면 상처를 주고 싶은 마음이 드는 것도 이상한 일은 아니다.

남편이 공감 능력이 뛰어나고 이야기를 잘 들어주는 사람이라면 부부가 함께 슬픔을 극복할 수 있다. 그러나 안타깝게도 그런 감정을 공유할 수 있는 남성은 많지 않다.

병원에서 아기가 세상을 떠났을 때 울고 있는 아내 옆에서 "그런데 선생님, 둘째는 언제쯤 가지면 좋을까요?"라고 묻는 남편도 드물지 않다.

나도 예전에는 "유산이 된 것은 어머님 탓이 아닙니다. 그러니 마음 쓰지 마세요"라고 위로한 적이 있다.

그때 산모는 아무 말 없이 고개를 끄덕였지만 틀림없이 마음속으로는 '내 탓이 아니라고 해서 슬픔이 사라지는 것은 아니에요'라고 말했을 것이다.

아이를 잃은 엄마만 느끼는 깊은 슬픔이 있다. 진심으로 공감하기는 어려워도 그 고통을 헤아릴 줄 아는 존재가 되기 바란다.

최악은 아이의 죽음을 없던 일로 해버리는 것이다. 만일 없던 일이 되면 엄마는 누구에게도 슬픔을 표현하지 못하고 혼자 끌어안게 된다.

그러면 어떻게 될까?

표현하지 못한 감정은 마비되어 마음 깊은 곳에 억압된다.

그리고 억압된 감정은 뒤이어 태어난 아이를 키우는 데 영향을 끼친다. 죽은 아이를 향한 감정이 풀리지 않은 채 남았기 때문에 다음에 태어난 아이에게 마음을 쏟지 못해 아이를 방치하는 경우도 자주 볼 수 있다.

아니면 죽은 아이를 향한 마음이 다음 아이에게 오버랩되어 눈앞에 있는 아이를 보지 못한다.

아이는 엄마가 자신을 보는지 아닌지 매우 민감하게 알아차린다. 자신을 통해 다른 누군가를 본다는 것을 알아차리면 버림받을지 모른다는 강한 불안감, 모자 분리 불안을 느끼게 되어 애착을 맺기 어려워진다.

엄마의 마음을 치유하기가 더 어렵다

엄마 자신이 친정엄마와 애착을 형성하지 못했거나 마음에 상처를 안고 있는 경우에는 우선 엄마부터 치유해야 한다.

가령 103쪽에서 소개한 '불안정 반려형' 엄마는 꾸준히 상담을 받으면서 아기를 자주 안아주는 캥거루 케어를 계속했다. 남편의 적극적인 협조로 비교적 빨리 모자의 거리를 좁혀 마침내 아이와 둘만 보내는 시간도 견딜 수 있게 되었다.

104쪽에서 소개한 '불안정 몰입형' 엄마는 결혼 전부터 복용하던 항우울제 처방을 줄이고, 대신 기분을 조절하는 약을 처방했다. 마음이 안정되면서 책 읽어주기와 아이를 칭찬하는 연습을 시작했다.

동시에 엄마한테도 아이를 칭찬할 수 있게 되었다며 엄마 자신을 칭찬해주는 치료를 계속했다. 그 결과 처음 병원에 온 지 1년 6개월이 지난 뒤에는 아이에게 언어 지연과 과잉행동이 사라졌다.

이 엄마는 지금도 약을 복용하면서 치료 중이지만 자신의 문제를 인정하고 어려움을 극복한 강한 사람이다.

이처럼 아이의 문제행동이나 신체 증상은 엄마가 자신의 마음에 난 상처를 깨닫고 적극적으로 치료하기 위해 노력을 하는 것만으로도 사라지는 경우가 많다.

우리는 어떤 지도도, 지원도 하지 않는다. 함께 고민하고 기다려줄 뿐이다. 아무리 시간이 많이 걸려도 자기 힘으로 다시 일어서는 것이 중요하다.

자신의 문제를 인정하는 엄마라면 괜찮다

'나한테 문제가 있을지 몰라…….'

여기까지 읽고 이렇게 생각하는 엄마라면 지금 아이에게 크고 작은 문제가 있다고 해도 적절한 대응으로 아이와 관계를 개선할 수 있다.

하지만 자신의 문제를 인정하는 사람은 많지 않다.

스스로 인정하고 싶지 않을 만큼 힘든 부분을 다른 사람에게 지적당하는 것은 매우 고통스러운 일이다. 자신의 문제와 직면하고 싶지 않기 때문에 아이의 문제로 자신과는 별개의 문제로 분리해서 생각하려는 것이다.

물론 모든 부모는 아이를 괴롭히고 싶지 않을 것이다. 대부분 진심으로 아이를 걱정하고, 잘해주고 싶어 한다. 또 아이와 잘 지내지 못하는 자신을 알아차리고 애태운다.

그런데도 자신을 바꾸지 못하는 데는 이유가 있다.

방어 본능으로 기억의 밑바닥 깊이 숨겨놓은 고통스러운 과거 때문인지도 모른다. 그 기억과 직면할 만큼 강해지기 전에 누군가에게 심하게 지적당하면 마음이 무너져버릴 수도 있다.

애착장애가 있는 사람이 그동안 필사적으로 외면해온 문제와 직면하는 것은 그만큼 어려운 법이다.

남성도 부성의 뇌로 바뀌어야 한다

아버지가 애착 문제를 안고 있을 때는 어떻게 해야 할까?

모성의 뇌만큼 극적인 변화는 아니어도 남성 역시 가족을 지키기 위해서는 부성의 뇌로 바뀌어야 한다.

남성이 부성의 뇌로 바뀔 때도 가장 중요한 것은 아빠가 자신의 어머니와 강한 애착을 쌓고 있느냐다. 애착이 올바르게 형성된 아빠라면 아내를 믿고, 지지하고, 가족을 지킬 수 있다.

그러나 실제로는 애착에 문제가 있는 상태에서 아버지가 되는 남성이 적지 않다.

신생아와 관련된 일을 하다 보면 아이에게 관심이 없거나 아이를 만지는 것조차 싫어하는 아버지를 자주 본다.

자녀가 태어난 순간부터 일이나 취미에 열중하거나 아이는 아내에게 맡긴 채 집에 들어가지 않으려고 하는 사람도 종종 볼 수 있다.

또 유아적 성향이 강해 아내가 엄마 역할을 해주길 바라는 남편은 육아를 모른 체하고 자기만 바라봐줄 엄마 같은 존재를 찾아 바람을 피우는 경우도 흔하다.

이런 아버지 중에는 아이를 안겨주면 드물지만 몸이 굳고 얼굴이 창백해지며 식은땀을 흘리는 사람도 있다.

1980년대에 인상에 남을 만한 사건이 있었다.

한 엄마가 생후 2개월 된 아기를 안고 놀란 얼굴로 병원으로 뛰어왔다. 아이의 목에는 졸린 듯한 흔적이 있고 피부밑 출혈도 보였다.

당시 상황을 묻자 엄마는 남편에게 아기를 맡기고 근처 시장에 갔다고 한다. 물건을 사가지고 집에 돌아오니 아기는 새빨개진 얼굴로 울고 있고 옆에는 아이 아빠가 어리둥절한 표정으로 서 있었다고 했다.

며칠 입원하자 다행히 아기의 상태는 호전되었고 무사히 퇴원했다.

그러나 문제는 아빠였다. 아빠에게 다시 아이를 안기자 얼굴이 새파랗게 질린 채 몸이 경직되고 식은땀을 흘리며 10초도 견디지 못했다.

알고 보니 그 아빠에게는 어릴 적 부모에게 버림받은 과거가 있었다. 자신의 엄마와 친밀한 애착 관계를 형성하지 못한 그는 무의식중에 아내에게 모성을 구하고 있었던 것이다.

다시 말해 그에게 자녀는 자신의 아내, 즉 엄마를 빼앗아 간 두려운 존재이고, 머리로는 현실을 이해하지만 몸이 거부 반응을 보였던 것이다. 이 사건도 그런 무의식이 발현되면서 아이와 둘만 남았을 때 공격성이 표출되어 일어난 일이었다.

다행히 일찍 문제를 알아차린 덕분에 남편은 아내의 도움으로 행동요법 치료를 받은 후 아이를 안을 수 있게 되었다. 물론 육아에도 적극 참여해 아이는 무사히 성인이 되었다고 한다.

남성의 뇌를 부성의 뇌로 바꾸는 방법

남성은 본래 사람에게 흥미가 없어서 다섯 살 남자아이에게 그림을 그리라고 하면 만국 공통으로 자동차나 곤충처럼 움직이는 사물을 그린다. 반면 여자아이는 사람을 그리고 인형 놀이를 좋아한다. 성인이 되어 아기를 낳으면 여자 친구들은 아기를 보러 오지만 남자 친구들이 오는 일은 별로 없다.

여성은 이야기를 하는 동안 뇌에서 옥시토신이 분비된다. 옥시토신은 스트레스호르몬의 분비를 억제하기 때문에 뇌가 스트레스에서 해방되지만, 안타깝게도 남성은 이 효과가 없다.

따라서 아기와 둘이 있을 때 입을 다물어버리는 것은 좋지 않다. 아기를 데리고 나가 친구와 이야기를 나누며 시간을 보내는 것이 중요하다.

이처럼 남녀의 뇌가 다르기도 하고, 앞에서 이야기했듯 자신도 깨닫지 못하는 이유로 육아에 소홀한 아빠가 많다.

"평소에는 일하느라 집에 일찍 오는 날이 없다" "휴일에도 좀처럼 애들과 놀아주지 않는다"고 아내에게 잔소리를 듣는 남편은 이런 유형일 확률이 높다.

치료법으로는 매일 아주 잠깐, 단 5초만이라도 아기를 만지는 것이다.

이 방법으로 시간을 늘려가다가 아기를 안는 데 성공하면 맨살로 아기를 안아주는 캥거루 케어를 1시간 이상 해본다. 끝낼 때 아기에게 아빠의 젖꼭지를 물게 하는 것도 중요하다.

캥거루 케어를 연습하면서 야근으로 늦게 퇴근하던 아빠가 야근을 하지 않는 경우도 있었고, 일찍 퇴근해서 집에 오자마자 즐거운 마음으로 아내에게 아기를 건네받게 된 아빠도 있었다.

아기가 태어났을 때 두려워서 아기 옆에 다가가지 못하던

10대 아빠도 똑같은 방법으로 치료해 1개월 건강검진 때는 직접 아기를 안고 오게 되었다.

행복한 얼굴로 아기를 안고 있던 모습이 아직도 눈에 선하다.

맨살로 아기를 안고 아기에게 젖꼭지를 물게 하는 동안 어쩌면 아빠의 뇌에서도 옥시토신이 나올지도 모른다고 생각했다.

제4장

모자 애착은 임신 상태부터 시작된다

임신 기간 중 주의해야 할 일

지금까지 유소년기의 애착 형성이 아이의 인생에 얼마나 큰 영향을 미치는지 이야기했다.

또 육아의 첫걸음은 엄마 자신이 여성의 뇌에서 모성의 뇌로 바뀌는 것에서 시작된다는 사실도 명심하기 바란다.

지금부터는 '그렇다면 아이가 애착장애를 겪지 않으려면 어떻게 해야 하는가?' '아이를 어떻게 대해야 제대로 된 애착관계를 쌓을 수 있는가?'에 대해 구체적으로 이야기하고자 한다.

지금까지 이야기했듯 모자의 유대감은 임신 초기부터 싹

튼다.

임신 기간 중 다양한 호르몬이 엄마와 태아의 뇌에 작용하며 엄마는 아기 낳을 준비를 하고 태아는 세상 밖으로 나올 준비를 한다.

4장에서는 먼저 임신 중 태아의 발달과 모자의 애착 형성에 필요한 것이 무엇인지 소개하기로 한다.

임신 8주 미만

몸의 중요 기관 형성기

감염증과 약물 섭취에 주의한다

수정란의 세포분열은 임신 직후, 즉 수정되는 순간부터 시작된다. 분화한 세포는 약 7주째까지 각종 장기로서 형태를 잡아간다.

이 시기의 태아는 모체가 처한 환경에 큰 영향을 받는다. 심각한 기형 같은 선천적 이상은 대부분 이 시기에 일어난다 [도표 4-1].

이상을 일으키는 주요 환경 원인으로는 다음의 3가지를 들 수 있다.

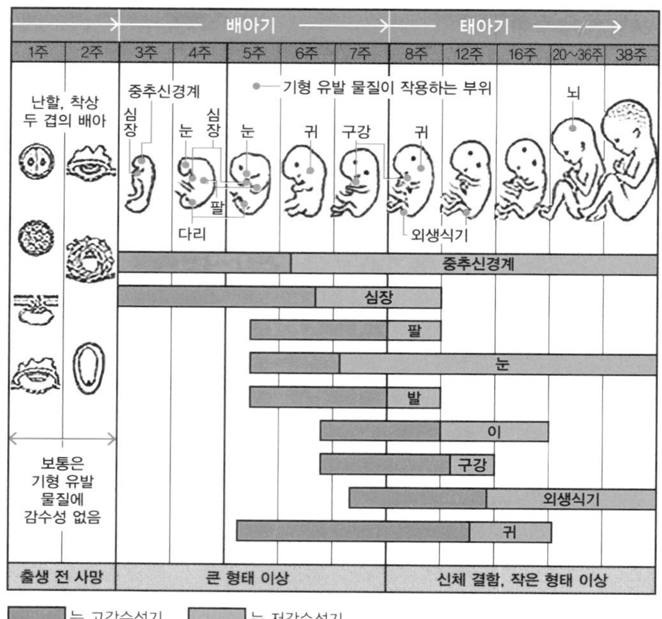

[도표 4-1] **사람의 발생과 장기 형성 시기**

출처 : Moore, K. L., Before We are Boorn, 1974

- 감염
- 약물 섭취
- 방사선 피폭

모두 위험 요소이지만 다행스러운 점은 엄마가 의식해서

조심하면 충분히 피할 수 있다는 것이다.

가령 이 시기에 엄마가 풍진 바이러스에 감염되면 태아에게 선천성풍진증후군이 나타날 수 있다. 선천성풍진증후군이란 선천성심질환, 백내장, 난청, 정신 발달 지연을 동반하는 질환이다.

현재 풍진 예방접종은 2회 이상 받게 되어 있는데, 선천성풍진증후군 아기를 낳은 엄마를 조사해보면 풍진 예방접종을 받은 적이 없는 쪽과 예방접종을 1회만 받은 쪽이 거의 반반씩이다.

또 임신 중 엄마가 톡소플라스마에 감염되면 태아에게 선천성톡소플라스마감염증이 나타날 확률이 30~40퍼센트다. 증상은 수두증, 태내 석회화 등이며 발달이 지연되는 일도 있다.

톡소플라스마는 인간을 포함해 온혈동물에 기생한다. 거의 모든 포유류와 조류가 톡소플라스마에 감염될 가능성이 있으며 특히 양고기, 돼지고기 등에 기생하기 쉽다.

음식을 날것 또는 충분히 익히지 않고 먹었을 때 감염될 수 있고, 음식뿐만 아니라 칼이나 도마를 통해 다른 식자재나 손으로 감염되는 일도 있다.

따라서 임신 중에는 날고기를 피하고 조리 전후에는 반드시 손을 잘 씻어야 하며 채소나 과일도 깨끗하게 씻어 먹어야 한다. 기르는 식물이나 고양이를 만질 때는 비닐장갑을 착용하는 등 주의를 기울인다.

약물로는 탈리도마이드(Thalidomide) 같은 의약품 외에 담배, 알코올, 수은 등이 대표적인 유해 물질이다. 최근 많이 이야기되는 초미세 먼지는 황사보다 담배 연기에 많이 들어 있다. 수은은 대형 회유어(가다랑어, 청어, 꽁치 등 무리를 지어 바닷속을 이동하는 어류-옮긴이)를 먹지 않으면 예방할 수 있다.

임신 8주 이후

뇌 발달이 시작되는 시기

임신 후기~생후 6개월은 뇌가 폭발적으로 성장한다

임신 8주 이후, 분화한 세포는 각각의 기관으로 증식한다.

심장이나 폐 같은 장기의 기능은 미숙하지만 출생한 뒤 곧바로 살아갈 수 있게 이 무렵부터 독립해서 움직인다. 신경계 역시 태아기에 급속히 발달한다.

임신 후기~생후 6개월은 아이의 뇌가 급속히 성장하는 시기다.

특히 뇌가 발달하는 순서를 보면, 가장 먼저 반사운동이나 호흡, 순환과 관계있는, 즉 생명 유지에 필요한 척수와 뇌간이 생긴다. 이어서 감정과 관계있는 대뇌변연계라는 낡은 피질이 생겨나고, 마지막으로 복잡한 정서나 이성과 관계있는 새로운 피질인 대뇌가 발달한다[도표 4-2].

각 부분에서 신경세포의 가지인 신경섬유는 수초라는 지방질로 된 옷을 입고 성숙한다. 이를 수초화라고 부르는데, 수초가 완성되면 신경 정보를 전달하는 속도가 5배에서 100배 빨라진다.

수초화한 신경세포는 서로 뒤얽혀 정보교환소와 기억 저장고 역할을 하는, 신경과 신경의 연결인 시냅스를 형성해간다.

수초의 구성 성분은 약 40퍼센트가 물이고 나머지 부분은 85퍼센트의 지질과 약 15~30퍼센트의 단백질로 이루어져 있다. 이 시기에 대뇌피질에 존재하는 인지질이 '긴사슬 다가

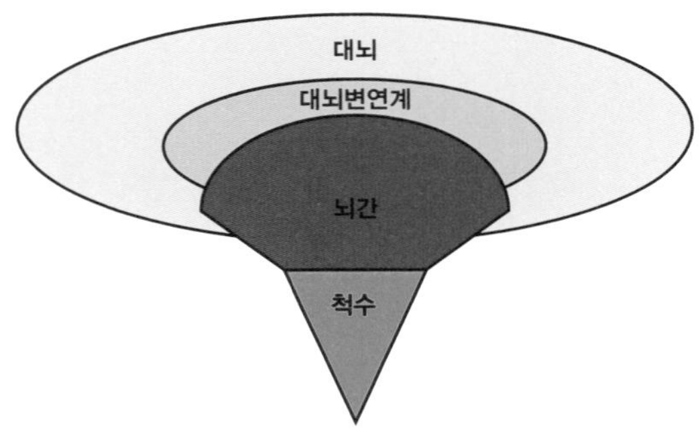

[도표 4-2] **대뇌의 기본 구조**

불포화지방산(LCPUFA)'을 흡수함으로써 뇌가 성숙해진다.

이 시기에는 엄마가 받는 스트레스가 직접 아기의 발달에 영향을 미친다.

그렇다면 이제 어떤 상황이 아기에게 영향을 미치는지 차례차례 확인해보자.

임신 8주 이후

뇌 발달이 시작되는 시기

임신 전 엄마의 영양 상태가 중요하다

태아의 뇌가 순조롭게 발달하려면 엄마가 적절한 영양분을 태아에게 공급해야 한다.

그런데 여기에서 문제가 되는 것이 엄마의 영양부족과 저체중이다.

최근 지나치게 마른 여성이 늘고 있다[도표 4-3].

마른 여성의 비율을 살펴보면 선진국 중 특히 일본이 눈에 띄는데, 저체중 여성의 증가와 저체중 신생아의 증가는 상관관계가 매우 높다고 할 수 있다[도표 4-4].

한때 태아가 너무 크면 좋지 않다는 생각에 임신부의 영양을 제한한 적도 있었지만, 태아기의 영양 상태가 평생의 건강을 좌우한다는 이론이 등장하면서 최근에는 적절한 체중 증가의 필요성이 대두하고 있다[도표 4-5].

물론 한쪽으로 치우친 고영양을 섭취하는 것은 바람직하지 않지만 뇌가 형성되는 중요한 태아기에는 음식물에 신경써서 영양을 제대로 섭취해야 한다.

엄마의 영양은 아기의 뇌뿐만 아니라 신체 발달에도 큰 영향을 미친다.

가령 일주일에 한 번 생선을 먹는 엄마는 생선을 전혀 먹지 않는 엄마에 비교해 나중에 아기가 소아천식과 알레르기성 피부염에 걸릴 확률이 43퍼센트나 낮다는 연구 보고가 있다.

어유에 들어 있는 도코사헥사엔산(DHA)이나 에이코사펜타엔산(EPA) 덕분이다.

또 임신 중 에이코사펜타엔산을 충분히 섭취하면 아이를 낳고 일주일쯤 지나서 기분이 가라앉는, 이른바 마터니티 블루 증상도 감소한다.

일시적으로 기분이 우울하거나 감정 기복이 심해지는 마터니티 블루는 백인 여성 중 80퍼센트가 겪는다고 하며, 일본인은 20퍼센트 정도였다. 그러나 어패류 섭취량이 줄어든

탓인지 조금씩 증가해서 최근에는 30퍼센트로 늘었다.

또 도코사헥사엔산을 적극적으로 섭취하면 조산율이 낮아진다는 보고도 있다.

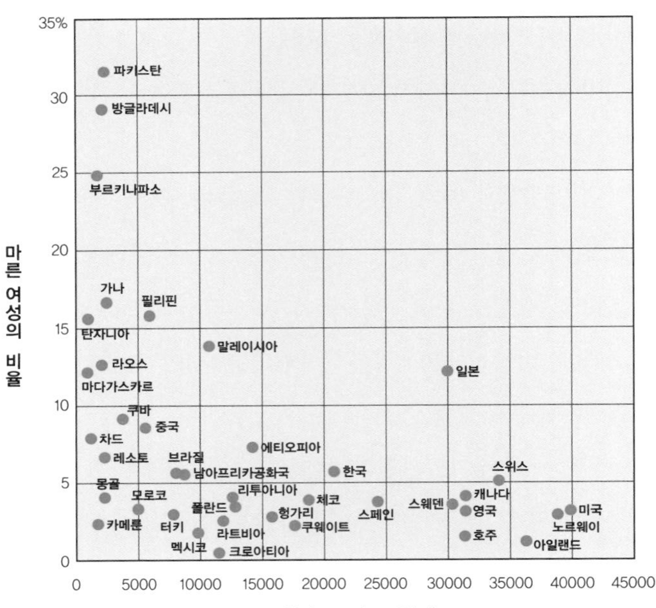

[도표 4-3] 1인당 GDP와 마른 여성의 비율

주 : 저체중 여성(BMI 18.5 미만)의 비율은 가장 최신의 데이터. 1인당 GDP는 2004년

출처 : WHO Global Database On ody Mass Index(BIM) 2006-9-8
1인당 GDP는 WHO Core Health indicators 2006-9-8

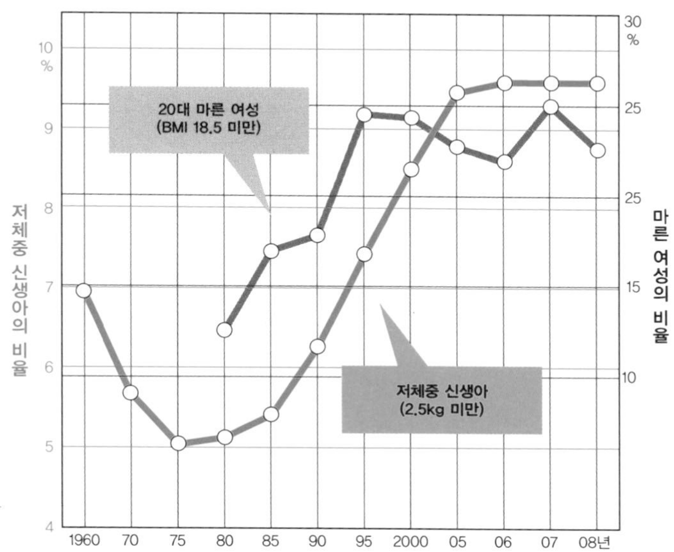

[도표 4-4] 저체중으로 태어난 아기와 20대 마른 여성의 비율

출처 : 모자보건의 주요 통계 등에 따른다.

	임신 전체 기간	임신 중기부터 일주일마다
마른형(BMI 18.5 미만)	9~12킬로그램	0.3~0.5킬로그램
보통(BMI 18.5 이상 25 미만)	7~12킬로그램	0.3~0.5킬로그램
비만((BMI 25 이상)	최하 5킬로그램	개별 상담

[도표 4-5] 임신부의 적절한 체중 증가

같은 보고에 따르면 일주일에 사과를 4개 이상 먹는 임신부는 일주일에 1개, 혹은 전혀 먹지 않는 임신부에 비해서 태어난 아기의 천식과 알레르기 발병 확률이 53퍼센트 낮았다고 한다.

임신 8주 이후

뇌 발달이 시작되는 시기

스트레스가 아기에게 주는 영향은 막대하다

엄마의 스트레스는 태아의 발육을 저해하는 요인으로 반드시 다루어야 할 문제다.

스트레스를 받으면 부신피질호르몬의 일종인 코르티솔이 왕성하게 분비된다. 분비량에 따라 혈압이나 혈당 수치가 높아지기도 하고 면역 기능이 저하되거나 불임이 되기도 한다.

또 과도한 스트레스로 다량의 코르티솔이 분비되면 뇌의 해마를 위축시킨다는 사실이 최근 외상후스트레스장애 환자의 뇌 MRI 등을 통해 관찰되었다.

시상하부 - 뇌하수체 - 부신으로 이어지는 이른바 '스트레스 경로'는 태아기에 형성되기 시작해서 유아기와 유소년기를 거치면서 완성된다.

엄마 몸에서 생산된 스트레스호르몬인 코르티솔의 90퍼센트 이상은 태반에서 분해되므로 태아에게 미치지 않는다.

그러나 대량으로 분비되거나 태반 기능에 이상이 생기면 태아의 해마에도 영향을 주어 코르티솔 수용체가 감소하고, 스트레스 경로를 억제하기 힘들어질 것이라 예상할 수 있다.

출산 후 환경도 큰 영향을 주는데, 아기가 공포를 느끼면 대량의 글루코코르티코이드(Glucocorticoid)가 분비되어 역시 해마에 나쁜 영향을 끼친다.

작은 자극에도 과민하게 반응하는 상태가 이어지고, 그렇게 되면 나중에 행동이나 학업에 지장을 줄 수 있다.

나아가 성장함에 따라 우울 상태 같은 기분장애나 사소한 일에 마음이 쓰인다든지 갑자기 가슴이 답답해지는 불안장애가 나타나 정신이상을 초래할 가능성이 있다.

또 임신중 엄마의 자율신경계가 긴장되어 혈관이 수축되면서 자궁 혈류가 줄면 태아의 발육이 저해되어 저체중아가 태어날 확률이 커진다.

물론 조산이나 저체중아 출산 등은 원인이 아직 불명확하므로 완전히 피할 수 없다. 하지만 아기의 성장을 저해하는 요인이 될 만한 환경은 가능한 한 줄이는 편이 좋다.

뇌 발달이 시작되는 시기

생후 3일 이내에 엄마 목소리를 구별한다

생후 3일 이내에 엄마 목소리를 구별하는 아기는 태아기에 이미 엄마의 목소리, 심장 소리, 혈액이 흐르는 소리를 듣고, 특히 엄마 목소리를 기억한다.

배 속 아기에게 말을 걸 때는 우선 마음이 편안한 상태여야 한다. 마음이 편안하면 정신이 안정되고, 그렇게 되면 교감신경의 긴장이 풀려 자궁에 흐르는 혈액이 늘어나 태아에게 많은 산소와 영양이 운반된다. 결국 태아의 더 나은 발육을 기대할 수 있는 것이다.

태교로 좋은 음악을 들으라고 권하는 이유 중 하나는 임신부가 정신적으로 안정을 취하는 데 도움이 되기 때문이다.

반면 엄마가 끔찍한 장면을 보거나 무서운 생각을 하면 자궁의 혈류가 감소해 태아의 움직임이 둔해진다.

이런 사례가 있었다.

한 부부가 즐겁게 외식을 하고 있었다. 아내는 자신의 배를 쓰다듬으며 남편에게 아기가 배 속에서 잘 놀고 있다고 말했다.

그런데 갑자기 가게에서 주인과 손님이 화를 내며 싸우기 시작했다. 아내는 깜짝 놀라서 몸을 떨었고 동시에 아기는 움직임을 멈추었다. 부부는 서둘러 밖으로 나왔지만 그 후에도 한동안 태동을 느낄 수 없었다.

출산경험이 있는 엄마라면 유사한 경험이 있을 것이다. 엄마의 정신 상태가 태아의 발육과 직접 연결되어 있다는 사실을 알 수 있는 부분이다.

엄마 스스로 마음을 편히 먹으려고 노력하는 것은 물론이고, 주변 사람들도 여유롭게 시간을 보내고 웃음소리가 끊이지 않는 환경을 만들려고 노력해야 한다.

임신 8주 이후

뇌 발달이 시작되는 시기

흡연과 음주가 태아에게 미치는 영향

임신 8주 미만은 방사능이나 음주, 담배 연기의 악영향을 가장 쉽게 받는 시기다. 그다음은 8주 이후다.

특히 신경계는 장기간에 걸쳐 영향을 받으며, 그 중에서도 뇌는 출생 시 기형이 가장 많이 보이는 기관이다[도표 4-6].

담배 연기에 포함된 유해 물질이나 일산화탄소는 태아를 저산소 상태로 만들어 발육을 저해하며 출생 후 행동과 학습에 이상을 초래하기도 한다.

담배를 피우는 임신부는 그렇지 않은 임신부에 비해서

- 조산할 비율이 1.4~1.5배 높다.
- 하루 20개비 이상 피우면 출생 시 아기 체중이 평균 200그램 감소한다.
- 태어난 아기가 '영유아돌연사증후군(SIDS)'으로 사망할 확률이 4.8배 높다.
- 소아천식 발병이 1.75~2.25배 높다.
- 하루 20개비 이상 흡연하면 훗날 아이가 폭력 범죄를 일으킬 확률 2배, 상습 범죄자가 될 확률이 1.8배 높아진다.

또 임신부의 파트너가 흡연자일 경우, 다음과 같은 수치가 나와 있다.

- 저체중아를 출산할 확률이 1.2배 높다.
- 파트너가 피우는 담배 1개비당 출생 시 아기 체중은 평균 6그램 감소한다.
- 소아기의 지능은 5퍼센트 저하된다.
- 주의력 결핍 과잉행동장애 또는 행동장애 발병률이 1.5~4.5배 증가한다.

게다가 흡연에 음주까지 더해지면 저체중아가 될 확률이 30퍼센트 가까이 증가한다는 보고도 있다.

임신부의 알코올 섭취에 따른 태아알코올증후군(FAS)도 미국의 10분의 1 수준이기는 하나 일본 역시 1만 명에 1명꼴로 발병한다.

태아알코올증후군은 발육이 좋지 않고 머리와 턱이 작은 특징이 있으며, 소뇌 · 뇌량 · 전두엽이 위축되는 장애도 나타난다.

그 때문에 사물의 우선순위를 정하지 못하고 계획을 세워서 실행하지 못하거나, 집중력이나 주의력의 지속성이 떨어

기관	빈도
뇌	1 : 100
심장	8 : 1000
신장	4 : 1000
팔다리	2 : 1000
기타	6 : 1000

[도표 4-6] 출생 시 기관에 나타나는 주요 기형의 빈도

출처 : Connor, J.M., Ferguson-Smith, M.A., Essential Medical Genetics, 2nd ed. Oxford, Blackwell Scientific Publications, 1987년

지는 등 학습·행동상의 장애도 나타난다. 정서에도 문제가 생겨 자신의 감정을 억제하지 못하는 등 사회생활에서도 곤란을 겪는다.

임신 기간 중 엄마는 아무쪼록 파트너와 함께 흡연과 음주로부터 태아를 지키기 바란다.

임신 8주 이후

뇌 발달이 시작되는 시기

출산은 가족이 함께하는 것이다

이상적인 출산 환경은 엄마의 몸 상태나 가족의 생각에 따라 다를 것이다.

하지만 남편은 되도록 출산에 동참하는 것이 좋다. 아내가 진통할 때 손을 잡아주고 이마의 땀을 닦아주면서 남편은 육아가 부부의 공동 책임이라는 사실을 실감한다.

분만대가 없는 조산원에서는 남편에게 매달려서, 아니면 산모가 상반신을 앞으로 구부려 남편의 도움을 받는 방법이 있다.

중력이 작용하는 쪽으로 남편의 도움을 받기 때문에 4킬로그램이 넘는 아기도 비교적 쉽게 낳을 수 있다. 키가 140센티미터 정도로 체격이 작은 산모도 비교적 무리 없이 출산했다.

출산이나 육아라고 하면 아무래도 엄마와 아기가 중심이 되기 쉬운데, 출산할 때부터 아빠가 육아에 참여하면 엄마는 매우 안정된다.

남편의 도움으로 산모가 정신적으로 안정된다는 것은 아이의 애착 형성에 큰 의미를 갖는다.

또 아빠가 정신적, 경제적, 환경적으로 모자를 지켜주면 엄마도 마음 편하게 육아에 전념할 수 있다. 그리고 육아에 몰두하면 엄마의 뇌는 빠른 시간 내에 모성화할 수 있다.

출산기는 인간의 일생에서 가장 사망률이 높은 때다.

수중 생활을 하던 태아가 느닷없이 대기 속으로 나와 스스로 숨을 쉬어야 하기 때문이다.

특히 출생 후 2시간이 위험하다. 출생 후 겪는 급격한 변화와 위기는 이 시간에 집중된다.

따라서 산모와 아기 단둘만 있게 하지 말고 남편이나 가족 외에도 갑작스러운 상황에 대처할 수 있는 조산사나 의료 종사자가 지켜보는 것이 좋다.

아기가 태어나면 부모는 각자 자기의 방식으로 말을 걸고 어루만지면서 사랑을 표현한다. 이런 시간은 아기의 안정된 애착 형성을 촉진하는 것은 물론, 부모의 육아 방기를 막는 효과도 있다.

물론 이런저런 사정으로 아빠의 출산 참여나 출생 직후 면회가 어려운 경우도 있다.

하지만 쉽게 포기하지 말고 할 수 있는 범위 내에서 가능한 방법을 찾아보자.

책에서 제시한 것은 어디까지나 이상적인 환경일 뿐이다. 반드시 그대로 해야 한다는 뜻은 아니므로 상황에 맞추어 최대한 다가가면 좋다.

무엇보다 '아기를 위해서'라는 생각이 중요하다. 부모의 그 마음은 반드시 아이에게 전해진다.

임신 8주 이후

뇌 발달이 시작되는 시기

출산 직후 엄마의 첫 한마디가 중요하다

내가 일하는 주산기 센터와 인접한 조산원에서는 아기가 태어나면 탯줄을 자르기 전에 아기를 엄마 품에 안겨준다.

아기를 처음 만난 엄마는 대부분 크게 감동한다.

아기를 받아안은 엄마는 무사히 태어난 아기를 쓰다듬고 아기에게 말을 걸며 기쁨을 표현한다. 엄마의 말은 아기가 주체이고 대부분 긍정적이다. 주로 처음 하는 말은 다음과 같다.

"정말 예쁘구나."

"눈이 크네."

"코가 높네."

"안녕?"

"아빠를 꼭 닮았네."

"꿈만 같아."

"아들(딸)이어서 다행이야."

"건강해서 기쁘다."

한눈에 아기에게 이상이 있다는 것을 알아차릴 수 있는 경우도 마찬가지다.

예전에 무뇌아를 임신한 어린 10대 산모가 우리 병원으로 긴급하게 옮겨 온 적이 있었다.

출산은 했지만 호흡이 약해서 아기에게 남은 시간이 얼마 없다는 것을 누구나 알 수 있었다.

하지만 어린 엄마는 마지막까지 아기에게 눈을 떼지 않고 "예쁘다, 정말 예쁘다"라고 말하며 자신의 젖을 물렸다. 그리고 아기의 생명현상이 사라진 뒤에도 만 하루를 그대로 지켜보며 함께 보냈다.

마흔 살의 산모가 양쪽 무릎부터 발까지, 한눈에도 기형임을 알 수 있는 아기를 낳은 적도 있었다.

아빠는 아이를 본 순간 창백해진 얼굴로 식은땀을 흘리며 기절할 듯이 아내에게는 보여주지 말라고 했다.

하지만 아이를 보여주지 않을 수는 없어서 아기를 안고 엄마에게 갔다. 엄마는 눈물을 흘리며 이렇게 말했다.

"다리는 나중에 의족을 하면 돼요. 제가 아기를 낳았어요. 기뻐요. 아기가 정말 예쁘네요."

엄마는 진심으로 기뻐했다.

이미 20년도 더 지난 일이지만 그 엄마와 함께한 아이는 틀림없이 행복한 어른으로 성장했을 것이다.

임신 8주 이후

뇌 발달이 시작되는 시기

출산 직후 부정적인 말을 하는 엄마는 위험하다

반대로 유소년기에 누구에게도 인정받지 못하고 자란 엄마는 출산 직후, 아무리 귀여운 아기라도 다음과 같이 반응한다.

먼저, 스스로 나서서 아기를 만지려고 하지 않는다.

처음 꺼내는 말도 아기가 아니라 병원 관계자에게 하는 인사이거나 자신을 걱정하는 소리다. 아기에게 건네는 말도 부정적인 내용이 많다.

"수고하셨어요."

"고맙습니다."

"너무 아파서 혼났어요."

"기형은 아니죠?"

"뭔가 느낌이 이상해. 기분이 별로야."

"어떡해. 딸이 아니에요?"

"아들이 아니면 하나 더 낳아야 하는데……."

"우리 엄마가 아기를 만지지 못하게 하세요."

"저리로 데려가주세요."

이런 말을 하는 엄마는 정신적으로 돌봐줄 사람이 필요하다.

실제로 "저리로 데려가세요"라고 말한 엄마는 임신 중 아기의 성별이 자신이 바라던 성별이 아니라는 것을 알고부터 기분이 나빠졌고, 심지어 자살하고 싶다는 마음도 드러냈다.

아기를 낳은 뒤에는 마터니티 블루와 산후우울증도 발병했다. 상태가 매우 위중했기 때문에 가족에게 항상 산모 옆에 있으라고 설명하고 정신과도 소개했지만, 두 번 가고 나서 스스로 목숨을 끊었다는 안타까운 소식을 들었다.

이와 같은 최악의 경우도 실제로는 그다지 드물지 않다.

임신·출산 후 한동안은 옥시토신 효과로 애착에 문제가 있는 여성도 그것을 극복할 수 있다. 부디 전문적인 지식을 갖춘 지지자에게 도움을 받는 시스템을 갖출 수 있길 바란다.

임신 8주 이후

뇌 발달이 시작되는 시기

산모가 의지할 전문가가 필요하다

1장에서 갓 태어난 아기의 울음소리를 잘 들어보면 크게 배가 고플 때, 졸릴 때, 아플 때, 무서울 때로 나눌 수 있다고 이야기했다. 아기와 애착을 형성하려면 이와 같은 아기의 요구를 재빨리 알아차리는 감성을 획득해야 한다.

또 아기가 보내는 신호를 이해할 만큼 여유가 있으려면 먼저 엄마 스스로 정신적으로 안정되어야 한다. 그러기 위해 주위 사람들은 산모 곁에서 수용적인 태도로 도와주는 것이 좋다.

그러나 현대사회나 현재의 의료 체제에서는 마음 놓고 아기에게 몰두할 수 있는 환경을 기대하기 어렵다.

실제로 친정엄마가 이제부터 엄마가 되려고 애쓰는 딸을 전적으로 받아주고, 부정하지 않고, 가르치려 들지 않고, 힘들어할 때만 손을 내밀어주며 산후조리를 해줄 수 있는 상황은 점점 줄어들고 있다.

그래서 등장한 것이 조산사, 산모 도우미, 산후조리원이다.

조산사는 본래 조산부(助産婦)라고 불렀는데, 말 그대로 산부를 돕는 사람이다. 전문적인 지식과 기술을 익혀 아기를 낳을 엄마 옆에서 출산 전부터 모자가 애착을 형성할 수 있게 돕는 것이 조산사의 일이다.

출산한 뒤 일주일 전후로 기분이 가라앉는 마터니티 블루를 겪는 산모도 있는데, 자신을 부정하지 않고 받아주는 누군가가 곁에 있으면 발병 확률은 눈에 띄게 줄어든다.

또 출산 후 1개월 무렵에 나타나는 산후우울증은 인종이나 지역에 상관없이 15퍼센트 정도 발병한다고 하는데, 이때 산모 도우미가 적절히 개입하면 예후가 좋아져서 항우울제나 안정제 같은 약물을 끊을 수 있다고 한다.

이처럼 주위 사람의 도움으로 산모가 정신적으로 안정되면 아기를 차분히 지켜볼 수 있어 아기의 표정 변화도 쉽게 알아차릴 수 있다.

엄마가 아기가 무엇을 바라는지 눈치채지 못하면 적절하게 대응하기 어렵다.

아기를 안아주고 지켜보고, 아기의 울음에 귀를 기울이고 목소리를 느끼고, 표정을 살펴 요구를 읽어내고 적절하게 반응하는 훈련을 하는 것이 좋은 부모가 되는 출발점이다.

제5장

태어나서 두 살까지, 건강한 두뇌 발달을 위한 10가지 원칙

뇌는 환경에 적응하면서 발달한다

5장과 6장에서는 자녀와 적절한 애착을 형성할 수 있는 요령을 아기의 뇌 발달 단계에 맞춰 구체적으로 해설하고자 한다.

모두 19가지로 정리한 요령 가운데 가능한 것부터 꼭 시작해보기 바란다.

구체적으로 설명하기 전에 다시 한번 복습해보자.

아기는 태어나는 순간부터 한꺼번에 많은 자극을 받는다.

뇌는 태아기인 9개월 무렵 거의 성인과 같은 형태가 되고 신경세포 수도 같아진다. 그러나 출생 시 몸무게는 380그램 정도로, 성인의 1250~1400그램에는 한참 못 미친다.

생활의 기반이 되는 기능은 태어나기 전부터 이미 갖추지만, 태어난 이후 주위에서 자극을 받고 환경에 적응하면서 급속히 발달한다.

4장에서 설명한 신경과 신경을 연결하는 시냅스는 생후 약 3개월 동안 50조 개에서 1000조 개까지 증가한다.

그러나 증가한 시냅스 회로가 그대로 유지되는 것은 아니다. 증식한 다음, 뇌에서 증가한 시냅스를 취사선택하기 때문이다. 외부 자극을 받은 시냅스는 남고, 자극을 받지 못한 시냅스는 '이 환경에서 살아가는 데 쓸모없는 기능'이라고 판단되어 사라진다.

이처럼 필요한 기능을 취사선택하는 기간이 1장에서 이야기한 '민감기'다.

인간은 민감기를 거치면서 환경에 적응해 살아가는 데 효율적인 신경 회로를 확립한다.

또 인간의 신경섬유는 수초라는 신경의 옷을 입음으로써 성숙해간다. 이 수초화가 뇌의 신경 발달이다.

수초가 만들어지면 신경 정보를 전달하는 속도가 5배에서

100배 빨라진다. 갓난아기의 뇌에서는 주로 척수와 뇌간(연수, 뇌교, 중뇌) 사이에서 수초화가 일어난다.

척수는 척추 안에 있는 중추신경의 일부로 피부나 근육과 직접 연락하는 말초신경을 담당한다.

뇌간은 목 위쪽 근육과 호흡을 제어하는 뇌 신경의 중추가 있는 부위다.

그 때문에 신생아의 신체 운동은 원시반응이 주체가 된다. 그러나 태어나고 머지않아 소뇌와 중뇌가 수초화된다.

생후 3~4개월이 되면 두정엽 표면 아래에 층을 이루고 있

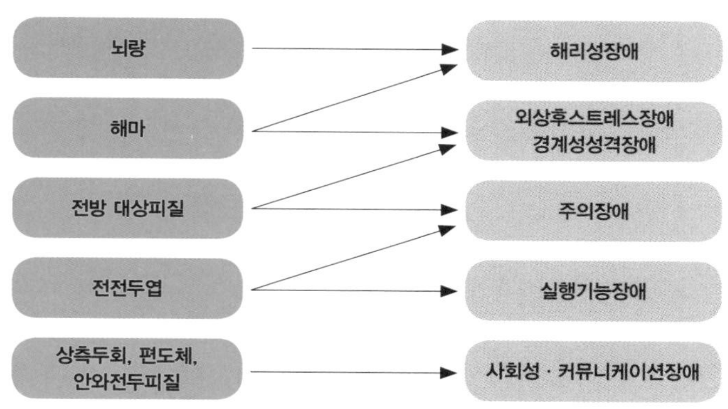

[도표 5-1] **학대받은 아동에게 이상이 나타나는 뇌 영역과 임상 증상**

출처 : 다무라 류(田村立), 엔도 다로(遠藤太郎), 소메야 도시유키(染矢俊幸) '학대가 뇌에 미치는 영향' 《정신의학》제48권 7호, p724~732, 2006년

는 신경섬유의 백질(白質)이 수초화되기 시작한다.

백질에 비해 신경세포가 모인 부위를 '회백질'이라고 부르는데, 대뇌 표면이나 척수의 중심이 회백질로 이루어져 있다.

백질과 회백질의 양은 건강한 뇌 발달의 기준 가운데 하나다.

실제로 태어나자마자 부모와 분리되어 적절한 양육을 받지 못한 아이는 일반 가정에서 자란 아이에 비해 백질과 회백질의 양이 매우 적다는 보고가 있다.

또 발달장애도 비교적 많다. 부적절한 양육 환경에서는 뇌가 발달하는 데 필요한 자극이 부족하다는 사실을 알 수 있는 예다[도표 5-1].

뇌의 바탕은 두 살이면 대부분 완성된다

청각, 미각, 후각, 촉각, 시각 등 감각을 담당하는 체성감각령, 온몸의 근육이 움직이도록 전기신호를 보내는 운동령(전두엽 뒤쪽)은 출생 시에 이미 수초화가 시작되고, 18개월 무렵을 정점으로 발달해 두 살 무렵에 완성된다.

18개월 이후가 되면 절차 기억(Procedural Memory, 뒤에서 다룰 장기 억제)이나 기억을 담당하는 부위가 발달한다.

시상, 기저핵, 변연계 일부도 출생 후 1년에서 2년 안에 수초화되기 때문에 뇌의 기본적인 부분은 두 살 무렵이면 거의 완성된다고 생각해도 좋다.

그 무렵에는 치아도 나기 때문에 아이가 혼자 살아갈 수 있는 몸이 거의 완성된다.

또 갓 태어났을 때는 우뇌와 좌뇌를 연결하는 '뇌량 신경'이 아직 발달하지 않아 좌우 뇌가 분리되어 있다. 좌우의 연결은 천천히 형성되어 여섯 살까지 완성된다고 한다.

이 시기에 부적절한 양육을 받으면 광범위한 뇌 영역이 충분히 형성되지 못해 의사소통장애나 주의력장애, 운동장애 같은 다양한 증상을 보인다.

대뇌피질은 수초화가 늦고, 그중에서도 특히 전두엽과 측두엽의 수초화 속도가 느리기 때문에 수초 형성이 완성되는 것은 열 살 이후다.

그 뒤로도 신경은 계속 연결되어 스무 살이 넘을 때까지 천천히, 꾸준히 성숙해간다.

이처럼 뇌는 각 기능을 담당하는 부위마다 발달 시기가 다르다.

이를 근거로 이제부터는 뇌가 급격히 발달하는 출생 직후부터 두세 살까지의 발달 단계에 맞추어서 기간마다 어떻게 대응해야 하는지 설명하고자 한다.

① 0~2개월

모유 수유를 확립하는 시기

모유 수유는 애착의 첫걸음이다

아기를 부드럽게 감싸 안고 눈을 맞추면서 젖을 물린다.

당연하다고 생각하는 이런 행복한 광경은 여성이 엄마로 다시 태어나는 중요한 행위이기도 하다. 육아에 관심이 있는 사람이라면 최근 모유 수유의 중요성이 다시 평가받고 있다는 사실을 알 것이다.

모유 수유는 모자 애착을 형성하는 첫걸음이자 가장 중요한 요소다.

때때로 모유 수유를 특별한 일이라고 생각하는 사람도 있는데, 이는 잘못이다. 애초에 모유 수유는 인간의 출산 · 육아에서 매우 자연스러운 일이다.

여성이 임신해서 아기를 낳으면 호르몬의 작용으로 몸이 변해 모유가 나온다.

아기는 스스로 뭔가 붙잡고 일어설 때까지는 모유만 먹어도 잘 자란다.

이는 인간만이 아니라 모든 포유류에게 나타나는 자연스러운 모습이다. 사람이든 소든 염소든 어미의 젖을 먹고 자라는 것이다.

특히 초유에는 뇌 발달에 빼놓을 수 없는 '긴사슬 다가 불포화지방산'이 신생아의 뇌에 존재하는 것과 같은 농도로 들어 있다.

지방산이나 인지질의 대사이상은 신경 발달이나 정신장애와 관련이 있으며, 특히 지방산 대사는 발달장애에도 관여한다고 추측한다.

모유를 먹고 자란 아이는 분유를 먹고 자란 아이에 비해 조직 속의 긴사슬 다가 불포화지방산의 농도가 높고 대뇌피질의 DHA 양도 많다는 보고가 있다.

모유 수유를 하면 아기도 건강해지지만 엄마도 아기를 돌보기 쉬운 몸으로 변한다.

되풀이해서 말하지만 여성의 뇌를 모성의 뇌로 변화시키는 옥시토신은 뇌에서 분비되어 혈액 속으로 이행해 진통을 촉진하고 젖을 분비시킨다. 모유는 산모의 혈액으로 만들어지므로 당연히 모유에도 옥시토신이 들어 있다. 하지만 농도는 혈액보다 높다. 수유 중 증가하는 호르몬은 옥시토신만이 아니다. 아기가 젖을 빨면 모유를 만드는 '프로락틴'이라는 호르몬도 증가한다.

동물실험을 통해 프로락틴이 증가하면 보금자리를 만드는 행동 같은 모성 행동이 왕성해진다는 사실이 밝혀졌다. 모유 수유를 하는 엄마는 불안감이 적고 프로락틴 덕분에 정신적으로 안정을 얻을 수 있다.

이처럼 모유 수유를 하는 엄마는 다양한 호르몬의 활약으로 여성의 뇌가 모성의 뇌로 바뀔 뿐만 아니라 힘든 육아를 견딜 수 있는 체력과 기력도 생긴다.

특히 생후 2개월 무렵까지 아기는 포만감을 잘 느끼지 못해 자주 젖을 찾는다. 처음에는 모유량이 부족해도 자주 젖을 물리는 동안 프로락틴이 증가해 점점 많은 양의 모유가 분비된다.

프로락틴은 모유를 만드는 작용도 하지만 엄마가 정신적

으로 안정감을 느끼게 하는 역할도 한다.

애착에 문제가 있는 여성도 이 시기에 수유를 잘하면 옥시토신의 작용으로 자연스레 모성의 뇌로 바뀌어 나중에 아이와 한층 수월하게 애착 관계를 형성할 수 있다.

생후 2개월까지는 모유 수유를 확립하는 데 매우 중요한 시기이며 동시에 엄마가 되기 위해서도 중요한 시기다.

이 시기에 모유가 부족해서 젖병으로 분유를 먹이면 모유 수유가 어려워진다. 엄마의 젖을 빠는 것보다 젖병으로 분유를 먹는 쪽이 훨씬 쉽기 때문이다. 젖병은 젖꼭지 끝부분만 빨면 엄마의 젖을 빨 때 들이는 힘의 절반만으로도 같은 양을 먹을 수 있다.

아기는 적응 능력이 뛰어나 한번 젖병의 편리함을 기억하면 모유에도 똑같은 편리함을 바라게 된다. 젖병을 경험한 아기는 모유를 먹을 때도 젖꼭지 끝만 빨려고 하기 때문에 엄마의 젖꼭지가 찢어지고, 결국 통증을 견디다 못한 엄마는 수유를 기피하게 된다.

아기도 빨기 힘든 모유보다 힘이 덜 드는 젖병을 좋아하게 되므로 모유 수유를 하면서 분유를 함께 먹일 때는 주의해야 한다.

② 0~2개월

모유 수유를 확립하는 시기

아기와 눈을 맞추고 말을 걸면서 수유한다

모유 수유를 한다고 모든 문제가 해결되는 것은 아니다.

아기를 안고 모유를 주더라도 엄마가 텔레비전이나 휴대전화에 마음을 빼앗기면 옥시토신이 충분히 나오지 않는다.

일본소아과의회의 보고에 따르면 약 70퍼센트의 엄마가 수유를 하면서 텔레비전을 보거나 휴대전화로 인터넷 검색을 한다고 한다. 이런 상태에서는 옥시토신 분비가 저하될 수 있다. 모유를 먹이더라도 옥시토신이 분비되지 않으면 뇌는 모성화되지 않는다.

그러므로 수유할 때는 아기와 눈을 맞추고 다정하게 말을 거는 것이 좋다. 어떻게 말을 걸어야 할지 모를 때는 동요를 불러주어도 좋다.

이 무렵이 되면 아기는 엄마의 표정을 흉내 낸다.

아기가 흉내 내는 것을 '신생아 모방'이라고 하는데, 별것 아니라고 생각할 수 있지만 이것도 아기의 뇌 발달과 애착 형성에 빼놓을 수 없는 요소다.

아기의 모방을 끌어내기 위해서는 요령이 조금 필요하다.

아기가 깨서 기분 좋게 움직일 때 아기 눈을 바라보며 아기 눈동자가 엄마를 잘 따라오는지 살핀다.

아기가 눈으로 엄마를 잘 따라오면 혀를 내밀어본다.

아기가 엄마의 혀를 쳐다보면 3초쯤 지나 혀를 다시 넣는다. 이 행동을 반복하다 보면 어느새 아기도 엄마를 따라서 혀를 내민다.

아기의 뇌 발달 그리고 애착 형성의 첫걸음은 엄마와 주고받는 커뮤니케이션이다.

아무리 모유를 먹인다고 해도 그때마다 휴대전화만 들여다본다면 아기와 충분히 소통한다고 할 수 없다. 아기와 제대로 눈을 맞추고 말을 걸면서 안아주어야 한다.

그러나 휴대전화를 보면서 모유를 먹이는 것이 온전히 엄마 탓은 아니다. 아기와 단둘이 있다 보면 외부와 단절된 시간이 갑갑해서 인터넷을 포기할 수 없는 것은 당연하다. 따라서 주위에서는 모자가 고립되지 않게 도와주어야 한다.

또 엄마에게 통증이나 고민거리, 긴장감 등이 있으면 아이는 거기에 민감하게 반응해 '버림받을지 모르는 불안'을 느낀다.

알기 쉬운 예가 부부 싸움이다.

부부 싸움을 하면 엄마는 정신 상태가 불안정해지고, 아기도 사이가 나쁜 부모에게 공포를 느낀다. 특히 아기가 어릴 때는 스트레스 경로가 손상될 수도 있다.

아이 앞에서 하는 부부 싸움은 심리적인 학대로 분류된다.

또 이 시기의 아기는 방치되면 본능적으로 강한 공포를 느낀다.

청각이나 후각, 촉각에 의지해 엄마를 식별하는 이 무렵에는 늘 엄마 냄새를 맡을 수 있고 목소리가 들리는 장소에 아기를 두어야 한다.

③ 0~2개월

모유 수유를 확립하는 시기

아기와 충분한 스킨십을 나눈다

수유 시간 이외에도 아기와 충분히 신체 접촉을 하면서 시간을 보낸다[도표 5-2].

최근 촉각 자극을 받은 신생아의 뇌는 자극을 받은 부분과 일치하는 영역뿐만 아니라 반대쪽과 주변 영역까지 활성화된다는 사실이 교토대학의 연구로 밝혀졌다.

촉각 자극으로 뇌의 발달이 촉진될 가능성이 있다는 뜻이다. 맨살을 맞대고 안아주는 캥거루 케어를 함으로써 뇌 기능이 활성화된다는 보고는 예전부터 있었다.

나아가 몸을 어루만지는 손길로 '아기의 발육도 좋아진다'

'아기가 쉽게 잠든다' '아기의 스트레스호르몬이 줄어든다'는 보고도 있다. 이를 통해 촉각 자극은 성인과는 비교도 되지 않을 만큼 아기에게 효과가 크다는 것을 알 수 있다.

특히 안아주는 행동은 애착을 형성하고 정서적인 안정감을 주는 데 매우 유효한 수단 중 하나다.

한편으로는 이런 이야기도 들어봤을 것이다.

"자꾸 안아주면 나중에 엄마가 힘들다."

엄마를 위해서 하는 소리라지만, 나는 아이를 자주 안아주지 말라는 이 조언은 아이가 애착장애를 겪게 하는 가장 큰 원인이라고 생각한다.

스킨십은 애착을 형성하는 데 가장 큰 영향을 미치는 요소

- **수유 중**
- **울 때**
- **떼를 쓸 때**
- **불안해 보일 때**
- **어리광을 부릴 때**
- **아이가 가까이 다가왔을 때**

[도표 5-2] 특히 **신체 접촉이 필요한 상황**

이며 대인 관계의 온기를 전하는 행동으로서도 매우 효과적이다.

신생아기는 물론이고 두세 살이 지나서도 아이가 가까이 다가오거나 불안해할 때, 어리광 부릴 때는 언제든 안아주고 살을 맞대는 시간을 늘리자.

아이가 힘들어할 때 도움을 주는 것이 바로 애착이다.

0~2개월

모유 수유를 확립하는 시기

유아 검진에서 우려 증상을 보인 사례

실제로 내가 진료한 아이들의 사례를 소개한다.

소아과 의사는 영유아 검진을 통해 해마다 수많은 아기를 만난다.

그중에는 애착장애라고 할 정도는 아니지만 조금 마음에 걸리는 문제행동을 보이는 아기가 있다.

생후 1개월 된 아기도 표정이 있고 흉내도 낸다. 하지만 때로는 표정이 없는 아기를 만나기도 한다.

[1개월 검진에서 무표정했던 아기]

서른아홉 살인 엄마는 첫아이를 염색체 이상으로 인공유산한 경험이 있었다.

불임 치료(체외수정, 배아 이식)로 임신에 성공했으나 임신고혈압증후군(임신중독증) 때문에 임신 38주 만에 제왕 절개로 2.8킬로그램의 딸을 낳았다.

한 달 뒤 검진을 받으러 찾아왔을 때, 아기가 표정이 없고 눈으로 움직이는 물체를 좇지 않는 점으로 보아 전반적 발달장애나 반응성 애착장애일 가능성이 있어 경과를 지켜보기로 했다.

이때 엄마는 다음과 같이 말했다.

"아기가 울면 가슴이 두근거려요."

"염색체 이상으로 유산한 아기와 동시에 채취한 난자로 임신했기 때문에 이 아기한테도 장애가 있을까봐 잠을 이룰 수 없어요."

"중절한 아기 얼굴을 못 봐서 꿈에 얼굴 없는 아기가 나와요."

"아기가 눈을 맞추지도 않고 불러도 반응이 없어서 장애가 있는 건 아닐까 불안해요."

엄마에게서 자살 징후도 보이기 시작해 산후우울증이라 진단하고 정신과 의사의 협력을 얻어 소아과 외래로 모자를 함께 진료했다.

엄마는 한 달에 한 번의 진찰과 약물 복용, 부분적으로 친정엄마의 도움을 받으며 치료한 덕분에 차도가 있어서 9개월 후에는 약물 치료를 종료했다.

경과를 관찰하면서 1년 6개월쯤 지나자 비로소 육아를 즐길 수 있게 되었다고 한다.

그 후 둘째 딸이 태어났다. 힘든 산후우울증 증상은 없었고 둘째는 표정이 풍부하고 잘 떠드는 아이로 자랐다.

그러나 첫째의 발달 상황이 그다지 좋은 편이 아니어서 발달 평가에서 운동 발달, 사회성 발달, 언어 발달 모두 실제 월령을 밑돌았다. 초등학교에 입학한 뒤에도 조용하고 표정이 부족한 아이로 지내고 있다.

이 경우처럼 엄마가 산후우울증으로 무표정해지면 아이의 얼굴에서도 표정이 사라진다.

생후 2개월 무렵까지는 표정을 흉내 내는 시기이므로 엄마는 육아를 할 때 풍부한 표정을 짓는 것이 좋다.

또 이 모자의 경우, 치료 기간 내내 아빠가 단 한 번도 참여하지 않아 아빠 이야기는 전혀 듣지 못한 것도 인상적이었다.

④ 3~5개월

상호작용으로 신뢰를 쌓는 시기

웃는 얼굴로 말을 걸고 놀이를 함께한다

생후 2개월이 지나고 3개월에 들어서면 시각도 상당히 발달해서 청각보다 우위가 된다.

옆에 있는 엄마를 깊이 신뢰하게 되어 엄마가 웃어주면 그에 응하듯 웃는 얼굴로 소리 내어 반응한다.

주위 사람의 표정도 잘 볼 수 있어 엄마와 다른 사람을 정확히 구별한다.

호기심이 왕성해지는 이 시기에는 '까꿍 놀이'를 권한다.

까꿍 놀이에서는 엄마가 얼굴을 감추든지 아기의 눈을 가렸다가 "까꿍"이라고 말하면서 엄마의 얼굴을 보여준다.

눈앞에서 사라진 엄마가 갑자기 나타나는 이 놀이는 '엄마는 사라지지 않는다' '힘들 때 언제나 나타나는 존재'라는 사실을 가르치는 훈련이기도 하다.

까꿍 놀이에서 까꿍이라고 말할 때는 반드시 웃는 표정을 짓는 것이 중요하다.

만일 아기가 불안해하며 운다면 곧바로 놀이를 중단하고 다정하게 안아준다.

이 무렵이 되면 지금까지 수동적인 반응을 보이던 것과 달리 아기가 먼저 놀자고 한다.

응시하는 모습이 눈에 띄게 늘어나고 아기 스스로 표정을 바꾸어 상대의 표정을 이끌어낸다. 여기에 엄마가 반응해주면 아기는 더욱 활발하게 행동한다.

'쿠잉(Cooing)'이라는, 분명하지 않은 발음으로 귀여운 소리를 낼 때도 있고 목소리도 커진다.

아기의 웃는 표정과 발성도 어른이 반응해주면 더욱 활발해진다.

웃어주거나 깜짝 놀라는 표정을 짓거나 "뭐라고 했어?"라고 말을 걸어주면 아기는 자신을 소중한 존재로 느낀다. 이러한 경험이 쌓여 애착이 형성되고 자기 존중이 싹트는 것이다.

또 사회적 상호작용도 강화되기 때문에 아기의 표현에는 반드시 반응해주는 것이 좋다.

이때는 소리나 움직임에도 민감해진다. 말을 걸거나 노래를 부르면서 손 놀이를 하거나 신체 부위를 가볍게 터치해주는 놀이를 하는 것도 좋다.

아기를 안고 리듬에 맞춰 춤을 추거나 아기가 목을 가눈다면 아기를 머리 위로 번쩍 들어 올려주는 놀이도 상호작용을 강화하는 좋은 운동이다.

생후 5개월 무렵까지는 상호작용을 높이는 데 매우 중요한 시기다. 그러므로 가능한 한 아기 곁에서 말을 걸고 몸을 어루만지면서 많은 시간을 보낸다.

⑤ 3~5개월

상호작용으로 신뢰를 쌓는 시기

질 좋은 수면 리듬을 만든다

이 무렵에는 수면 리듬도 확립된다.

신경과 신경을 연결하는 시냅스 결합은 자면서 꿈을 꾸는 상태에서 이루어진다.

생후 10주 무렵부터는 한번 잠들면 오래 자기 때문에 해가 지면 방을 어둡게 하고, 날이 밝으면 커튼을 걷어 방 안에 빛이 들게 한다.

아기가 어른의 생활 패턴에 맞추어 늦게까지 깨어 있거나 깊이 잠들지 못하면 신경 회로가 제대로 형성되지 않아 나중에 학습이나 행동에 문제가 생길 수 있다.

수면장애는 행동 이상이나 알레르기 질환의 원인이 되기도 한다[도표 5-3].

그러므로 4개월 무렵까지 건전한 수면 패턴을 완성하는 것이 좋다.

해가 뜨면 일어나고 어두워지면 자는 것이 자연스러운 수면 사이클이다.

초등학교에 입학할 때까지는 오후 8시 무렵까지 잠자리에 드는 것이 이상적이다. 만일 좀처럼 잠들지 못할 때는 낮잠 시간을 줄이는 것도 좋은 방법이다.

- 감정 조절 능력 저하
- 비만
- 면역력 저하
- 알레르기 질환 악화
- 노화 촉진
- 성조숙증
- 학습 능력 · 기억력 저하

[도표 5-3] **수면장애로 생기는 증상 · 질환**

초등학교 고학년 학생을 조사한 결과, 밤 10시 30분 이후에 자는 학생 중 성적이 상위권인 사람은 없다는 재미있는 보고도 있다.

⑥ 6개월~1살

감각 능력이 높아지는 시기

기어 다닐 수 있는 장소를 확보한다

생후 6개월부터는 청각, 시각을 비롯한 모든 감각이 가장 예민한 시기에 돌입한다.

이 시기의 아기는 1000헤르츠와 1010헤르츠의 소리를 구분하고 영어를 쓰지 않는 아기도 L 발음과 R 발음을 구분할 수 있다고 한다.

이미지화하는 능력이 매우 발달해 놀랍게도 암산도 할 수 있다. 외국어 교육 효과를 노린다면 생후 6개월~한 살 때를 놓치지 않아야 한다.

이때는 네발 기기와 옹알이가 시작되는 시기이기도 하다.

네발 기기는 손과 다리를 교대로 움직여서 앞으로 나아가는 고도의 동작이다.

선진국에서는 네발 기기가 200~300년 전에 널리 퍼졌다고 한다. 그 전에는 아기가 기어 다닐 만한 장소가 없었고, 그 후 기어 다닐 수 있는 위생적인 환경이 갖춰져 자유롭게 손발을 움직일 수 있게 되면서 언어 발달을 포함해 지적 활동과 관련된 뇌 기능이 발달하게 되었다는 이야기다.

옹알이는 자음을 동반하는 언어다. 처음에는 '맘맘마' '바바바'처럼 같은 자음을 반복하다가 조금 더 발전하면 여러 종류의 음절을 조합해 의미 없는 소리를 낸다.

소리를 듣지 못하는 아기는 옹알이를 하지 않는다.

아기를 뉘어놓고 가만히 관찰해보면 손발로 반동을 주면서 발성하는 것을 알 수 있다.

손발을 자유롭게 움직일 수 있고 안심하고 기어 다닐 수 있는 장소를 확보해서 아이의 움직임을 지켜보자.

감각 능력이 높아지는 시기

다정하게 말을 걸어 공감 능력을 높인다

1장에서도 설명했듯이 사람이나 원숭이의 뇌에는 특정 행동에 반응하는 뉴런이 있다. 이 거울 뉴런의 작용으로 눈으로만 봐도 자신이 직접 체험한 듯 머릿속으로 이미지를 그릴 수 있다. 이를 상상력, 공감 능력이라고도 할 수 있는데, 거울 뉴런 덕분에 다른 사람이 하는 행위의 의도나 감정을 상상하고 이해할 수 있다.

신생아도 모방을 하지만 그것이 다른 사람의 의도를 이해하고 따라 하는 것인지는 분명하지 않다.

감각 능력이 예민한 이 시기는 공감 능력을 기르는 데 가장 중요한 역할을 한다.

엄마 품에 안겨 있는 아기는 엄마의 얼굴에서 사소한 표정 변화를 민감하게 읽어낸다.

엄마의 표정이 풍부할수록 아기의 표정도 풍부해진다.

그러므로 부디 아기에게 다정한 얼굴로 말을 걸고 노래를 불러주기 바란다. 그러면 아기의 거울 뉴런이 발달하고, 거울 뉴런을 통해 다른 사람의 마음까지 느낄 수 있다.

생후 6개월 된 아기는 여러 원숭이의 얼굴 차이를 식별하는 능력이 있지만, 이 능력을 방치하면 9개월 무렵에는 사라진다. 만일 이 시기에 엄마가 아이에게 아무런 관심도 갖지 않고, 특히 거울 뉴런을 활발하게 하는 훈련을 하지 않고 방치하면 사소한 표정 변화로 상대의 마음을 식별하는 아기의 능력이 저하된다.

❽ 6개월~1살

감각 능력이 높아지는 시기

풍부한 감정 표현으로 그림책을 읽어준다

거울 뉴런을 단련하려면 의성어와 의태어가 많은 그림책을 읽어주는 것도 좋다.

가령 '복숭아가 둥실둥실 떠내려갑니다'라는 말을 들으면 사람은 사물이 '둥실둥실' 떠가는 장면을 연상한다.

실제로 눈앞에 복숭아가 둥실 떠가는 현상은 존재하지 않지만 머릿속으로 그릴 수 있는 것이다. 이는 인간의 놀라운 상상력이다.

이처럼 아기의 능력에는 어른이 놀랄 만한 부분이 많다. 아이에게 책을 많이 읽어주면 감성이 풍부해지고 부모와 유대가 돈독해진다는 사실은 이미 알고 있을 것이다. 책을 읽어줄 때는 감정을 풍부하게 담아, 마치 구연동화를 하듯 읽는 것이 좋다.

실제로 이야기를 듣는 동안 아이의 뇌 속 감정의 변화를 관장하는 대뇌변연계의 기능이 활발해진다.

또 책을 읽어주는 엄마의 뇌에서는 전전두엽 부근이 활발하게 움직인다.

엄마는 책을 읽어주면서 이야기를 듣는 아이의 기분을 상상하고 표정과 반응을 살피기 때문이다. 전전두엽 기능이 활발해지면 기분이 안정되고 편안해진다.

이와 같은 상호작용은 엄마와 아이의 유대를 돈독하게 하는 데 매우 효과적인 수단이다.

조기교육의 유효성이라는 점도 있지만, 그보다는 엄마와 아이의 의사소통이라는 점을 중시하는 것이 좋다.

6개월~1살

감각 능력이 높아지는 시기

낯가림은 저절로 괜찮아지는 걸까?

이 시기부터 낯가림이 시작된다.

부모와 자녀 사이에 기본적 신뢰가 쌓이면 아이는 부모를 안전 기지로 여기고 넓은 세상으로 나가 다양한 사람들과 교류할 수 있다. 안전 기지란 낯선 세계에 호기심을 품고 그것을 탐색하고자 할 때 아이가 의지하는 존재를 말한다. 즉 아이가 엄마에게 애착을 느끼면 엄마를 안전 기지로 여긴다. 애착이 제대로 형성되면 낯가림도 자연스럽게 줄어든다.

그러나 아이가 부모에게 늘 공포와 불안을 느끼면 사소한 일이나 다른 사람을 지독히 두려워하게 된다. 안전 기지가 없기 때문에 불안이나 위기를 느끼면 곧바로 울면서 엄마에게 매달린다. 이것은 통상의 낯가림과는 다르다.

7개월 된 아기의 사례를 소개한다.

<7개월 검진 때 엄마에게서 떨어지지 않으려던 아기>

건강검진을 받으러 온 7개월 된 여자아기는 표정이 없었고, 진찰하려고 하자 엄마에게 매달려 청진을 할 수 없었다.

엄마는 아이에게 모유를 먹이고 늘 안아준다고 말했다.

그러나 엄마는 진찰 중 한 번도 아기를 쳐다보지 않았다.

엄마와 아빠, 아기가 함께 살고 친정도 가깝다고 했지만 친정의 도움은 없는 것 같았다.

친정엄마와는 가끔 만나지만 아기를 많이 안아주고 모유만 먹이는 자신을 비난한다고 했다. 또 "이따금 전화를 하셔서는 이유도 없이 말하는 도중에 화를 내세요"라고 말했다.

남편은 귀가가 늦어 부부가 대화할 시간이 거의 없다고 한다. 그런데다 남편은 음식 메뉴나 청소 때문에 자주 화를 내고 소리를 지른다고 한다.

"늘 남편에게 버림받지 않을까 하는 불안이 머리에서 떠나지 않아 아이에게 집중할 수 없어요."

"아기를 울리면 남편이 화를 낼 것 같아서 무서워요."

여기까지 이야기를 들은 나는 엄마가 애착에 문제가 있다는 것을 알았다.

외래로 경과를 지켜보자고 이야기했지만, 엄마는 산골 마을에서 살기 때문에 교통이 불편하다는 이유로 병원에 오지 않았다. 억지로 오라고 할 수도 없어서 그대로 시간이 흘렀다.

이 모녀가 다시 병원을 찾은 것은 아이가 세 살쯤 되었을 때다.

아이는 얌전하고 무표정한 꼬마로 자랐다.

엄마는 그동안 힘들게 보냈다고 털어놓았다.

"유치원에 보내고 싶은데 하도 안 가겠다고 떼를 써서 보낼 수가 없어요. 선생님, 어떻게 하면 좋을까요?"

"저는 아직도 아이의 울음소리가 두려워요."

치료의 일환으로 우선 아이에게 그림책을 읽어주라고 했다. 엄마는 "네"라고 대답했지만 시작할 기미는 전혀 보이지 않았다.

"해야지 생각은 하는데 바빠서 좀처럼……"이라고 거북한 듯 말꼬리를 흐렸다.

엄마는 병원에 오는 것도 예정대로 지키지 않았다.

약속한 날짜에 오지 않았고, 시간 날 때 갑자기 찾아와서 진료 순서를 어기고 진찰실로 뛰어 들어와 1시간 넘게 이야기를 한 적도 있었다.

그 후 한동안 병원에 오지 않아서 역시 심상치 않다는 판단에 따라 보건사가 방문해보기로 했지만 잘 되지 않았다. 첫 번째 방문에서 보건사와 크게 충돌한 것이다.

결국 아이는 일곱 살이 되어서도 유치원에 가지 않고 엄마에게 달라붙어서 지냈다.

또 아이가 나이에 비해 너무 말라서 엄마에게 그 이유를 물어보니 아이가 음식을 거의 먹지 않고, 먹는다고 해도 양이 너무 적다고 했다.

한창 자랄 나이인 아이가 병에 걸린 것도 아닌데 야윌 만큼 음식을 먹지 않는다는 것은 있을 수 없는 일이었다. 분명히 육아 방기이거나 섭식장애였다.

그 후 앞으로 어떻게 할 것인지 방침을 세우기 위해 유치원 선생님과 원장, 엄마, 아동 상담소 직원, 소아과 의사로 구성된 상담 모임을 여러 번 열었다.

그러나 엄마의 어린 시절 문제, 남편과의 문제가 너무 커서 개선책을 제안하지 못했다.

나중에 엄마는 경계성성격장애와 우울증 진단으로 정신과 입퇴원을 되풀이했다. 그 후 남편과 헤어졌고, 아빠도 아이를 돌보지 않았기 때문에 아이는 아동 시설로 가게 되었다.

아이는 시설에서 여러 번 성폭행을 당했고 중학교 2학년 때 자해, 시각 이상, 해리 증상이 심해져 다시 통원 치료를 받고 있다.

너무 가슴 아픈 이야기지만 애착에 문제가 있는 부모와 자식의 전형이라고 할 수 있다. 양육 환경은 갑자기 변하는 것이 아니므로 영유아 검진 때 사람을 지나치게 무서워하는 아이가 있다면 주의를 기울여야 한다.

안타깝게도 이때 아무도 눈치채지 못하면 그 후에도 환경은 바뀌지 않는다.

그러나 모자를 지키는 일에 해답은 없다.

증상에 맞게 최선책을 생각하고 제안하지만, 주변인들이 할 수 있는 일은 거기까지다. 환경은 어디까지나 본인의 자각과 노력으로만 바꿀 수 있다.

아이에게 맞춘 커뮤니케이션

기억이 시작되는 시기, 많은 경험을 쌓게 한다

한 살이 되면 뇌의 기초가 되는 신경 회로는 거의 완성된다. 태어났을 때 380그램 정도였던 뇌의 무게도 800~900그램으로 늘어난다.

이 무렵부터 지능이나 체력 등에서 아기마다 개인차가 생긴다. 이제는 더욱 풍부하고 다양한 경험으로 아이의 뇌에 자극을 주면 좋다.

이 시기까지 두려움이나 불안, 큰 스트레스를 받지 않고 자란 아이는 감정과 관계있는 편도체나 기억과 스트레스와 관계있는 해마가 상처를 입지 않은 상태로 거의 완성된다.

공포를 느끼지 않는 환경에서 자라면 감정 풍부한 유소년기를 보낼 수 있다.

부모에게 보호받음으로써 사람을 만나는 즐거움과 기쁨을 경험하면 부모 이외의 다른 사람과 사귀는 데 거부감이 없고 적극적으로 임한다.

또 감정이 풍부하다는 것은 기억과도 관계가 있다.

감정을 동반한 기억은 장기 기억으로 남는다.

가령 기념일에 기쁘고 즐거운 분위기에서 먹은 음식은 오래 기억해도 며칠 전에 먹은 점심 메뉴는 금방 잊어버린다. 마찬가지로 야단맞아서 무서웠을 때도 야단맞은 일은 기억한다. 그러나 이유 없이 심하게 혼나면 그때 느낀 공포심만 오래도록 마음에 남는다.

이 기억의 작용도 시냅스가 형성되었기 때문이다.

시냅스에는 반복 학습으로 사용된 시냅스가 지속적으로 증가해서 남는 '장기 증강'과 반복 학습 도중 실패함으로써 사용된 시냅스가 약해져서 사라져가는 '장기 억제'가 있다.

기념일의 음식 이야기에서처럼 한 번의 자극으로 마음에 강하게 남는 기억도 있지만, 반복 학습으로 형성된 신경 회로는 일부러 생각하지 않아도 조건반사처럼 떠오른다.

오감으로 얻은 자극은 장기 증강이 되어 아이의 능력으로 발전한다.

또 감정이 풍부한 아이는 자신의 호기심을 바탕으로 다양한 놀이를 하면서 실패를 거듭하는 동안 장기 억제 활동으로 요령과 운동 능력을 획득해간다.

⑩ 1~2살

아이에게 맞춘 커뮤니케이션

지켜보다가 도움을 청하면 도와준다

개인차는 있지만 아이는 대개 생후 10개월에서 한 살 무렵이 되면 걷는다.

이 시기까지 애착이 제대로 형성된 아이는 다양한 일에 흥미를 느끼고, 호기심이 생기는 대로 세상을 탐구한다. 그러다가 도중에 불안해지면 엄마에게 돌아가서 안도감을 느끼고 다시 모험을 한다.

이때 '엄마는 아이가 걱정되지 않을까?'라고 생각하는 사람도 많을 것이다. 그러나 모성의 뇌로 바뀐 엄마는 공포를 느끼는 편도체가 안정되어 있기 때문에 아이가 모험을 해도 그다지 불안해하지 않는다. 아이의 자주성을 존중하고 아이가 도움을 청할 때까지 기다릴 줄 알게 된 것이다.

반면 여전히 여성의 뇌로 남아 있는 엄마는 편도체가 과하게 반응해서 필요 이상으로 걱정한다.

하지만 위험하다고 무조건 먼저 나서서 방어하면 아이는 실패할 기회를 빼앗긴다. 그런데 앞에서 이야기했듯 운동과 관계있는 절차 기억에는 실패한 경험이 매우 중요하다.

물론 정말로 위험하거나 반사회적인 결과를 초래할 행동은 말려야 한다. 그런데 이 시기에는 언어로 설명한 내용은 기억에 남지 않기 때문에 말로는 아이를 이해시키기 어렵다.

그러므로 최소한의 안전은 확보한 상태에서 일상생활에서 아이가 뭔가 하고 싶다, 혼자 할 수 있다고 이야기할 때는 안 된다고 반대하지 말고 도전할 수 있게 응원한다. 그리고 성공하면 잘한 점을 묘사해서 칭찬한다.

부모가 칭찬을 잘하면 아이의 능력은 더욱 커진다. 칭찬받으면 자신감이 생겨서 같은 행동을 반복하거나 더 어려운 행동에 도전하려고 하기 때문이다. 성공 체험을 되풀이할수록 능력은 강화된다. 그리고 아이가 실패하고 울면서 돌아왔을 때는 따뜻하게 안아준다.

제6장

두 살 이후,
애착이 깊어지는
9가지 의사소통법

❶ 2~3살

완전한 도움에서 뒷받침으로

아이를 독립된 인격체로서 존중한다

두 살 무렵까지를 '완전한 도움이 필요한 시기'라고 한다면 두 살 이후는 '뒷받침하는 시기'다. 이제부터 표면상 주도권은 아이에게 넘어간다.

원활한 상호작용으로 안정된 애착 관계가 형성된 아이는 모자 분리 불안이 줄고, 무엇이든 혼자 힘으로 하려 하고, 할 수 있다고 믿고 세상 밖으로 나가려고 한다.

부모와 아무런 문제가 없다면 표면상 주도권은 아이에게 있어도 아이는 '엄마 손바닥 위의 손오공' 같은 상태다.

아이가 자주 실패하거나 잘 못하더라도 "하지 말랬잖아!"

라고 야단치는 것은 피한다.

만일 이런 식으로 화를 내면 아이는 자신감을 잃고 열등감에 빠져 새로운 도전을 두려워하고 위축된다.

열등감에서 벗어나지 못하면 나중에 다른 사람을 조종하려 하고, 그렇게 함으로써 전능감을 획득하려고 하는 '따돌림'의 가해자가 되기도 한다.

놀이나 심부름 같은 행동 분야뿐만 아니라 정신적인 면에서도 이 시기부터 아이를 독립된 인격체로 존중해주면 아이는 자신을 타인에게 인정받는 소중한 존재로 여기고 스스로 아끼고 사랑하게 된다.

만일 아이가 뭔가에 실패해서 울고 있다면 왜 우는지 물어보자. 이때 엄마는 아이의 이야기를 절대로 부정하지 말고 끝까지 들어주어야 한다.

부모는 아이가 상황을 조리 있게 설명하지 못해도 서두르지 말고 기다려주는 연습도 해야 한다.

② 2~3살

완전한 도움에서 뒷받침으로

아이의 생각을 앞지르지 않는다

시간이 없어 발을 동동 구를 때 아이가 꾸물거리면 엄마는 대개 아이를 재촉한다.

하지만 이런 일이 반복되면 아이는 주눅이 들어 자신의 의견을 말하지 못하는 사람이 된다. 아무리 바빠도 엄마는 다그치듯 따지지 말고 가능한 한 아이가 자신의 감정을 말로 표현할 수 있도록 차분히 기다려주자.

그러면 아이는 전전두엽이 발달해 감정과 이성의 통합이 촉진되고, 자제력과 자기표현을 배울 수 있다.

가장 좋지 않은 경우는 엄마가 앞질러 말해버리는 것이다.

"이렇게 생각하는 거지?"

"그렇게 생각할 리 없어."

"사실은 ○○를 하고 싶었던 거지?"

아이가 자신의 생각을 말하기 전에 기다리지 못하고 엄마의 가치관을 강요하는 것은 피해야 한다.

이런 실수도 여성의 뇌에 머물고 있는 엄마가 많이 저지른다. 아이를 자신의 일부라고 생각하기 때문에 독립된 인격체로서 존중하지 못하는 것이다.

아직 자아가 발달하지 않은 단계에서는 아이도 '엄마가 그렇다면 그렇겠지'라고 생각한다. 다행히 성장하면서 부모의 강요가 부자연스럽다는 것을 느끼고 그에 맞서 반항하고 자립하면 괜찮지만, 그렇지 않은 경우에는 '부모의 생각이 곧 내 생각'인 채로 성장해 자아가 모호한 의존적인 어른이 될 수 있다.

이런 일을 방지하려면 아이가 어릴 때부터 '나는 어떻게 생각하는가?' '무엇을 느끼는가?'를 의식하는 훈련을 시켜야 한다.

부모에게는 자녀의 감성이나 인생을 결정할 권한이 없다.

어디까지나 아이 스스로 클 수 있게 옆에서 적절히 거들기만 하면 된다.

바쁘다는 뜻의 한자인 '망(忙)'은 '忄(마음)'과 '亡(없어지다)' 두 글자가 만나서 만들어진 글자다. 바쁠 때일수록 마음을 가라앉히고 차분히 기다리는 자세가 중요하다.

③ 2~3살

완전한 도움에서 뒷받침으로

아이의 눈높이에서 생각한다

모자 분리 불안이 줄어드는 두 살이 지나면 제1반항기에 돌입한다. 이른바 '싫어' '안 해' '내가 할 거야'라는 외침이 폭발하는 시기로, 흔히 말하는 '미운 세 살'이다.

두 살 후반부터 세 살 무렵에는 언어와 관계있는 뇌 영역의 신경 회로가 증가하기 때문에 말이 급속히 는다.

또 엄마에게서 벗어나 친구나 형제와 자기주장을 주고받으며 참는 법도 배우고 인간관계의 기초를 닦기도 한다.

이 무렵부터 아이들끼리 온몸으로 부딪혀 놀면서 아이의 발달은 더욱 빠르게 진행된다.

아이들끼리 어울리다 보면 충돌하고 싸우는 일이 빈번하다. 이때 부모가 관여하는 태도가 매우 중요하다.

만일 아이가 짜증을 낸다면 기분이 가라앉을 때까지 기다렸다가 아이의 눈높이까지 몸을 낮추고 "무슨 일이니?"라고 물어본다.

아이가 잘못했더라도 무조건 부정하거나 야단치지 말고 아이의 하소연을 들어준다.

그러고 나서 아이의 언행이 옳지 않은 이유를 함께 생각한다. 타이르는 것이 아니라 아이가 스스로 깨달을 수 있게 질문을 던지는 형식이 좋다.

"왜 물건을 던졌니?"

"왜 그런 말을 했니?"

그리고 아이가 제대로 자신의 마음을 이야기하면 칭찬해준다.

완전한 도움에서 뒷받침으로

화내지 말고 제대로 야단친다

다른 사람에게 피해를 주었거나 위험에 빠뜨릴 만한 언행을 했을 때는 제대로 가르쳐야 한다.

그때는 안 되는 이유를 정확히 알려주고 따끔하게 야단친다.

가령 친구에게 짜증을 부렸을 때는 "친구가 기분 나쁘니까 그렇게 행동하면 안 돼"라고 말하고, 사람이 많은 곳에서 시끄럽게 떠들었을 때는 "주위 사람에게 피해를 주니까 하지 마라"라고 말해서 상대의 처지를 생각하게 하는 것이 좋다.

단, 너무 길게 설교하는 것은 오히려 역효과를 낸다.

장황한 설교는 부모가 자신의 감정을 터뜨리고 있다는 증거일 뿐이다.

야단칠 때는 60초 이내로 간결하게 끝내자. 아이가 알아듣지 못했다고 화를 내거나 아이 말은 들어보지도 않고 무턱대고 혼내는 것은 절대로 해서는 안 되는 행동이다.

아이는 야단맞으면 전두엽에 상처가 남는다. 그러면 감정이 불안정해졌을 때 감정을 잘 조절하지 못해 사춘기 이후 이성을 잃고 폭발할 가능성이 있다.

또 이 시기에 심한 말로 자주 야단을 맞으면 대뇌의 우위 반구인 측두엽에 상처가 생긴다. 특히 말을 할 때 한쪽 뇌만 쓰는 남자아이는 듣기와 말하기가 서툴러진다.

이 시기의 부적절한 양육은 유아기 전후 언어 발달에 악영향을 끼쳐 사춘기의 폭주로도 이어진다.

또 한 가지 중요한 점은 아이에게 일관성 있게 대응하는 것이다.

특히 엄마는 월경주기에 따른 감정의 기복 때문에 일관성을 유지하는 것이 쉽지 않다.

똑같은 일을 어떤 때는 허용하고 어떤 때는 허용하지 않으면 아이는 늘 엄마의 기분을 살피고, 선악의 가치 판단이 엄마의 기분에 좌우된다.

훈육은 부모와 아이가 같은 감정을 공유한 상태에서 해야 한다. 객관도 주관도 아닌, 부모와 아이가 서로 공통적으로 인정하는 감정이다. 부모가 격앙해서 흥분된 감정을 아이에게 터뜨리면 그것은 훈육이 아닌 학대가 된다.

자신의 짜증을 제어하지 못하는 엄마는 애착에 문제가 있을 가능성이 크기 때문에 소아과 외래에서는 아이의 정서장애를 치료할 때 엄마에게도 신중하게 약물복용을 권하기도 한다.

⑤ 3살 이후

더 건강하고 단단한 애착으로

눈을 맞추고 웃어주는 습관을 들인다

지금부터 말하는 내용은 엄밀히 말해 꼭 '세 살 이후'에 해당하는 것은 아니다.

영유아기부터 유소년기, 사춘기 그리고 성인이 된 이후의 의사소통에도 도움이 되기를 바라는 마음으로 정리한 것이다.

아이의 눈길이 느껴지면 항상 다정하게 웃는 얼굴로 받아준다. 그러면 아이는 '엄마는 늘 나를 보고 있다'고 안도한다.

말을 걸거나 말하는 도중에도 아이와 눈을 맞추면 상대방의 마음을 느끼는 능력도 발달한다.

눈이 마주쳤을 때 살짝 웃어주면 효과는 더욱 커진다.

웃는 얼굴은 인간관계를 부드럽게 하는 중요한 도구다.

'나를 좋아한다' '여기에 있어도 괜찮구나' 하는 안도감을 얻을 수 있다. 그것은 어른도 마찬가지다.

게다가 마주 보고 웃는 것은 상호성의 체험이기도 해서 공감 능력을 길러준다.

자연스러운 웃음이 가장 좋지만 좀처럼 웃음이 나오지 않을 때는 웃는 척하는 것도 좋다. 입꼬리와 뺨의 근육을 끌어올리고 눈매를 부드럽게 만들어보자.

웃는 표정을 지으면 행복감과 안도감을 주는 '세로토닌'이라는 호르몬이 활발하게 만들어진다고 한다.

사람은 기쁘고 즐거울 때 웃음이 나지만 반대로 웃어서 기쁘고 즐거워지기도 한다.

⑥ 3살 이후

더 건강하고 단단한 애착으로

잘한 행동을 찾아 적절하게 칭찬한다

욕구가 채워졌거나 채워질 것이라고 기대할 때 활발하게 작용해 기분 좋은 느낌을 만들어주는 뇌 신경계를 '대뇌 보상계'라고 한다.

대뇌 보상계의 기능은 학습이나 환경에 적응하는 데 매우 중요한 구실을 한다.

가령 '이 일이 끝나면 보너스를 받을 수 있다'고 장기적인 보상을 예측하면 피로나 허기 같은 단기적인 욕구를 누르고 일을 열심히 할 수 있다.

하지만 아이들은 보상계를 활용하는 데 익숙하지 않아서

장기적인 보상을 예측하는 것이 불가능하다. '이것을 참으면 앞으로 좋은 일이 있을 것'이라고 예측하지 못하는 것이다.

다시 말해 아이는 눈앞의 것만 보기 때문에 참지 못했다고 야단치면 역효과가 날 수 있다는 뜻이다.

참지 못한 것을 야단치기보다는 참았을 때 칭찬하는 쪽이 효과가 크다.

칭찬받으면 보상계가 작동해 아이는 참는 행동의 좋은 점을 기억하게 된다.

나아가 웃는 얼굴로 아이를 대하면 아이의 뇌에서 도파민이 분비되고 보상계가 활성화되어 의욕이 높아진다.

또 참는 경험을 통해 감정을 조절하는 방법을 배우는 동안 전두엽이 단련된다.

칭찬할 때는 구체적인 행동을 묘사해서 말해준다.

자신의 어떤 행동이 좋았는지 명확하게 알면 아이는 점점 같은 행동을 반복한다.

또 아이가 무엇을 칭찬받고 싶어 하는지 정확히 알고 칭찬하면 자신을 긍정적으로 생각하게 되어 더욱 의욕을 보인다.

칭찬할 점을 잘 찾되, 마구잡이로 칭찬하는 것은 피하는 것이 좋다.

칭찬할 때 아이의 행동이 부모나 가족을 포함해 친구나 주변 사람에게 어떤 영향을 미쳤는지까지 설명해주면 아이는 긍정적인 자기 이미지를 그릴 뿐만 아니라 행동의 선악도 배울 수 있다.

아주 잘한 일이 있을 때, 다른 사람에게 호의를 베풀었을 때는 사소한 일이라도 충분히 칭찬한다.

예를 들면 이런 식이다.

"○○를 아주 잘했구나, 대단해."

"다 놀고 나서 깨끗하게 정리했네. 엄마도 기쁘다."

"친구에게 장난감을 빌려줬구나. 아주 멋지다."

"약속한대로 해줘서 고마워."

아이를 칭찬하는 것은 엄마가 엄마 자신을 칭찬하는 일이기도 해서 부모도 함께 성장한다.

어릴 때 칭찬받지 못한 엄마는 다른 사람을 칭찬하는 데 서툰 경우가 많은데 이렇게 하면 의도적으로 고칠 수 있다.

칭찬하는 일이 어색하고 쑥스럽더라도, 일부러 웃는 것과 마찬가지로 의식은 의식적으로라도 시작해보자.

⑦ 3살 이후

더 건강하고 단단한 애착으로

아이와의 약속은 반드시 지킨다

"심부름한 다음에는 놀러 나가도 돼."

"생일 선물로 ○○를 사줄게."

부모는 별 생각 없이 한 말이라 깜빡 잊어버릴 수도 있다. 하지만 사소한 내용이라도 약속한 것은 반드시 지키려고 노력해야 한다.

아이와 한 약속을 깨뜨리는 것은 으뜸가는 심리적 학대다.

지키지 못할 약속은 하지 말 것.

약속을 했으면 반드시 지킬 것.

이는 어른 사이에서도 집단생활의 기본이다.

애착에 문제가 있는 상태로 자라면 어른이 되어서도 능력 밖의 일을 경솔히 떠맡았다가 도중에 집어치울 수도 있고, 아무렇지 않게 거짓말을 해서 약속을 깰 수도 있다.

약속을 지키지 않는 부모 밑에서 자라면 약속의 중요성을 배우지 못하거나 부모처럼 그 자리를 모면하기 위해 거짓말을 하는 데 익숙해지기 때문이다. 그래서 약속한 것도 금방 잊어버린다.

물론 '다음 주 일요일에 가족끼리 놀러 가자'고 약속했어도 갑작스러운 일이 생겨서 도저히 약속을 지키지 못할 때가 있다.

아이는 부모의 약속에 한껏 들떠 있다.

어른도 예상보다 보너스가 줄면 일할 의욕이 사라지듯이 아이도 약속이 깨지면 어른 이상으로 대뇌 보상계 회로가 다운되어 실망한다. 울며 떼를 쓰기도 한다.

이때 아이에게 '버릇없이 굴지 마라'라며 야단치는 것은 주제에서 벗어난 이야기다. 정말로 어쩔 수 없이 약속을 지키지 못할 때는 아이에게 분명하게 사과하고 이유를 설명한다.

그리고 이유가 무엇이든 아이가 받은 충격은 어른보다 훨씬 크다는 것을 기억해야 한다.

기대가 클수록 그만큼 대뇌 보상계의 기능이 떨어지고, 이런 일이 반복되면 '어차피 이번에도 안 지킬 텐데, 뭐'라며 도파민 생성이 저하되어 의욕도 떨어진다.

⑧ 3살 이후

더 건강하고 단단한 애착으로

응석을 받아주되 응석둥이로 키우지 않는다

센터에서 여러 보호자를 보고 있으면 응석을 받아주는 것과 응석둥이로 키우는 것을 혼동하는 사람이 많다[도표 6-1].

응석을 받아준다는 말에서는 아이의 의사가 주체가 된다.

응석이란 부모의 애정을 구하는 행위다.

"엄마, 심심해. 안아줘"라고 말할 때 "그래, 이리 와"라고 응해주는 것, 아이가 힘들어할 때 주는 도움은 애착 그 자체다.

응석을 받아준다고 하면 아이가 원하는 건 뭐든 다 들어준다거나 오냐오냐 해서 키우는 것이라고 성급하게 단정하는 부모가 적지 않은데, 그것은 잘못된 생각이다.

반면 응석받이로 키운다는 것은 부모가 의사의 주체가 된다. 이쪽은 아이의 욕구를 고려하지 않고 부모가 나서서 행동한다.

아이가 "엄마, 심심해. 안아줘"라고 말했을 때 "엄마 지금 저녁 하느라 바쁘거든? 냉장고에 있는 아이스크림 먹으면서 텔레비전 보고 있을래?"라고 아이는 원하지도 않는데 엄마가 이것저것 제안한다.

이렇게 하면 아이는 어떻게 될까?

처음에는 마지못해 아이스크림을 먹으면서 텔레비전을 보며 시간을 보낸다.

그러다 차츰 엄마와 노는 것보다 아이스크림의 맛, 텔레비전이 주는 재미로 심심함을 달래는 법을 배운다.

이런 일이 반복되면 아이는 심심하다는 생각이 들 때 사람과 어울리는 즐거움이 아니라 식욕이나 물욕, 오락, 자극 같은 것을 찾게 된다. 심심함을 달래는 잘못된 방법을 학습하는 것이다.

실제로 고칼로리 음식을 먹을 때는, 뇌 내 마약이라고도 부르는 '베타엔도르핀'이라는 쾌락 물질이 대량으로 분비된다는 연구 보고도 있다.

부모 입장에서는 과자를 주고 텔레비전을 틀어놓으면 아이가 얌전해지기 때문에 아이를 달래기에 안성맞춤이다. 이처럼 아이가 원하지 않았는데 엄마가 나서서 해줄 때 아이는 응석둥이가 된다. 이런 일이 반복되면 아이는 끝없는 허전함을 채우기 위해 섭식장애를 겪은 수도 있고, 부모가 지레짐작으로 사준 장난감으로 노는 동안 더 재미있는 장난감을 사달라고 요구하게 된다.

응석둥이로 키운다
✓ 부모가 주체
✓ 바라기 전에 얻기 때문에 물건을 받아도 마음이 채워지지 않는다.
✓ 과하게 받기 때문에 간절함이나 부족함을 모르고 참을성을 기르지 못한다.
✓ 곤란할 때 도움을 받지 못해 스스로 어떻게든 해야 한다고 학습한다.

응석을 받아준다
✓ 아이가 주체
✓ 원할 때 받기 때문에 마음이 채워진다.
✓ 불필요한 것은 참을 줄 알게 된다.
✓ 곤란할 때 도움을 청한다, 자신이 보살핌을 받는다고 학습한다.

[도표 6-1] 응석둥이로 키우는 것과 응석을 받아주는 것의 차이

아이를 응석둥이로 키우는 부모는 '아이가 얌전하게 있어준다면야……' 하는 마음으로 해달라는 대로 계속 장난감을 사주고, 그럴수록 아이는 더욱 인간관계에 서툴러진다.

아이가 혼자 심심함을 달래는 습관을 들이기 전에 적절한 방식으로 응석을 받아주며 힘들 때 도움을 받는 기쁨을 느끼게 해주어야 한다.

더 건강하고 단단한 애착으로

아이가 안심하고 지낼 수 있는 환경을 만든다

아이가 안심하고 지낼 수 있는 이상적인 양육 환경의 조건은 다음과 같다.

- 정신적으로 안정되고 사이가 좋은 부모
- 건전하고 위생적인 환경
- 양육에 필요한 경제 상태

모자가 안심하고 지낼 수 있는 환경을 갖추는 데 아빠의 비중은 매우 크다.

지금까지는 엄마의 중요성에 초점을 맞추어 이야기했는데, 육아를 하는 엄마에게 파트너는 중요한 존재다.

남편은 아내가 안심하고 육아에 전념할 수 있는 환경을 만드는 것은 물론 가능한 한 육아에 참여하는 것이 바람직하다.

재미있게도 옥시토신은 여성과 남성에게 각각 다르게 작용한다.

여성에게는 아이를 지키는 쪽으로 작용하지만, 남성에게는 동료를 지키는 쪽으로 작용한다. 그런데 남성에게 으뜸가는 동료는 가족이다.

미국에 생식하는 프레리들쥐(Prairie Vole)는 일부일처제의 습성을 가지고 있는데, 프레리들쥐에서 신경내분비호르몬인 옥시토신과 구조가 비슷한 바소프레신의 분비를 막으면 들쥐의 특징인 일부일처제 행동이 사라진다.

진통과 수유가 없는 남성은 옥시토신이 분비될 기회가 적기 때문에 자식이 생겼다고 해서 곧바로 아이 제일주의가 되지 않는다.

그러나 여성이나 남성 모두 성행위 때 피부 접촉이나 오르가슴을 느꼈을 때 옥시토신이 방출된다. 이것이 친자의 애착과 직접 관련된 것은 아니지만 애정호르몬, 신뢰호르몬이라고도 부르는 옥시토신이 많이 방출되면 부부의 파트너십이 강화되어 가족의 유대가 강해지는 것은 틀림없다.

섹스리스 부부일수록 배우자의 병 수발이 힘들고 고통스러워 황혼 이혼을 많이 한다는 연구 결과도 있다. 이런 흐름은 특히 여성에게 많이 볼 수 있다.

원만한 부부 사이가 육아 환경에 큰 장점으로 작용하는 것은 두말할 필요도 없다.

부부의 애착을 흔히 '파트너십'이라고 부르는데, 이는 쌍방향이다. 서로 도움을 주고받을 때 성립하는 것이다.

남편은 아내를 존중하고 아내도 남편을 존중하며 배려와 다정함이 넘치는 가정이라면 그런 부모의 모습을 보고 자란 아이는 자연스레 애착을 배워간다.

안정된 부부 관계는 아이에게 편안함을 주고 안정된 애착을 맺게 하는 최적의 환경이다.

⑩ 3살 이후

더 건강하고 단단한 애착으로

연년생 자녀를 둔 부모가 주의할 것

되풀이해서 말하지만 이가 나서 스스로 음식을 먹을 수 있고 뇌의 중요한 부분이 완성되는 두 살까지는 온전한 엄마의 도움이 필요하다.

의학이 발달하기 전에는 첫째가 만 두 살이 되기 전에 동생이 태어나면 첫째가 어리기 때문에 동생은 살아가기 힘들었다. 형제의 나이 차가 24개월 이하일 때는 가능하면 외할머니의 도움을 받는 편이 좋다.

외할머니한테는 엄마와 같은 냄새가 난다. 또 아이를 달래는 방법이나 어르는 리듬도 비슷해서 육아를 의지하는 데 가장 적합하다.

아이가 연년생이면 엄마가 아무리 두 아이 모두 정성을 들여 키우려고 해도 아직 첫째에게 손이 많이 가기 때문에 동생은 엄마와 거리가 생기고, 그 결과 발달에 문제가 생기는 일이 있다.

연년생을 둔 엄마는 종종 다음과 같은 마음을 호소한다.

- 큰애는 편한데 둘째는 어색하다.
- 둘째가 별로 귀엽지 않다.

당연히 반대인 경우도 있다.

이런 경우 '공부 잘하는 언니와 공부 못하는 둘째' '친구들과 잘 지내는 형과 학교에서 말썽만 일으키는 동생'이라는 차이가 뚜렷이 드러난다. 정서장애가 있는 아이가 흔히 드러내는 문제다.

실례를 소개한다.

한 살 터울인 형제

사춘기에 접어들면서부터 난폭해진 A군에게는 동네에서 소문난 똑똑한 형이 있다. 둘의 나이 차는 13개월이다.

엄마는 혼자 두 아이를 돌봐야 했다.

아빠가 열심히 일한 덕분에 경제적으로 어렵지 않았지만, 그만큼 육아는 고스란히 엄마 혼자의 몫이었다.

첫째는 모유를 먹었는데, 자주 우는 아기였다.

반면 A는 얌전하고 손이 많이 가지 않는 아이였다고 한다. 순하다는 이유로 형에 비해 모유를 충분히 먹지 못했고, 충분한 관심도 받지 못했다.

두 아이 모두 초등학교에 들어가서 축구를 시작했다.

형은 성적도 좋고 축구도 잘하고 예의도 바르다며 주위에서 칭찬이 자자했다.

하지만 A는 성적이 신통치 않았고 축구 연습도 툭하면 빠졌다. 약간 행동이 과격하고 사람들이 싫어하는 행동을 자주 했기 때문에 평판이 별로 좋지 않았다.

게다가 중학교에 올라가면서 담배 피우는 모습을 자주 들켜서 부모에게 심한 꾸중을 들은 끝에 학교에도 가지 않았다.

우리 병원에 온 것은 그 무렵이었다. 금연 치료도 겸해서 부모를 따라온 것이다.

진찰실로 들어온 A는 조용히 자리에 앉았다. 그때 살짝 기쁜 표정을 지었던 기억이 난다.

그렇다. 그날은 A가 처음으로 가족 안에서 주인공이 된 날이었던 것이다. 상담을 거듭하는 동안 차츰 웃음을 되찾게 된 A에게 내가 물었다.

"엄마에게 버림받을지 모른다고 생각한 적 있니?"

A는 조용히 고개를 끄덕이며 눈물을 뚝뚝 흘렸다.

실제로 A의 엄마는 A와 함께 있으면 숨이 막히는 듯한 느낌이 들었다고 말했다. 그러나 형에게만 관심을 기울인 것이 A에게는 고통이었다는 사실을 알게 된 후 A를 대하는 방법을 바꾸는 훈련을 시작했다.

부모 모두에게 절대로 A의 언행을 부정하지 말고 가능한 한 곁에서 모든 것을 받아주는 연습을 하라고 했다.

그와 동시에 A에게는 외래로 금연 치료를 실시했다.

반년 정도 지나자 A를 향한 엄마의 답답함은 조금 사라졌고 거의 동시에 A는 담배를 끊고 다시 학교로 돌아갔다.

이처럼 연년생 형제자매 중 사랑과 관심을 받지 못한 동생이 사춘기에 접어들면서 문제를 일으키는 예는 너무나 많아서 일일이 셀 수 없을 정도다.

엄마는 남편과 관계도 좋고 어린 시절 문제도 적었기 때문에 비교적 빠르게 개선되었다.

연년생이라도 할머니나 도우미에게 도움을 받을 수 있다면 A의 문제행동은 일어나지 않았거나 정도가 약했을 것이다.

최근 나는 엄마들끼리 아이를 안고 가벼운 마음으로 모일 수 있는 장소가 많아지기를 바란다.

원래 육아는 사회 전체의 몫이었다.

엄마가 육아로 고립되지 않는 사회가 된다면 애착에 문제가 있는 엄마, 의지할 친척이 없는 엄마도 안심하고 아이를 키울 수 있다. 그러면 아이의 애착장애도 줄어들 것이다.

나와 같은 의료 종사자들도 그 일원으로서 각자 해야 할 역할을 담당해야 한다고 생각한다.

맺음말

잃어버린 육아력을 되찾아야 한다

일찍이 신생아 의료 현장의 최우선 과제는 '어떻게 생명을 지킬 것인가'였다. 그러나 생존율이 뚜렷이 높아지면서 최근 20년 동안 새로운 문제가 떠올랐다. 필사적으로 이 세상에 태어난 아기. 그 놀라운 생명력으로 위기를 뛰어넘어 성장하는 아기. 그런 아기와 만나기를 가장 기대했을 엄마가 아기를 마주 보지 못하고, 아기를 사랑하지 못하는 문제가 늘고 있는 것이다.

"아이가 귀엽지 않아요……."

"아이를 돌보기 싫어요."

"둘째를 낳고 나니 큰애가 귀찮아졌어요."

"내 일을 좀 더 하고 싶었는데……."

이런 식으로 자신의 육아나 아이와의 관계로 힘들어하는 엄마들이 안타깝게도 최근 20년 동안 매우 늘어났다.

왜 이런 문제가 많아진 것일까? 아니, 많아진 게 아니라 다양한 생명을 만나고 신생아와 그 가족을 살피는 동안 나 스스로 깨달은 사실인지도 모른다.

전쟁이 끝나고 우리는 역사상 유례없는 눈부신 경제 발전을 이루었다.

그러나 그 부흥의 그늘로, 아이에게 눈길을 줄 시간은 크게 줄었다.

1차산업의 쇠퇴에 비례해 지역 전체가 나서서 아이를 돌본다는 사고방식은 붕괴했고, 부모와 아이는 하루 종일 떨어져서 보내야 하는 환경이 되었다.

이렇게 자란 아이들은 자신이 부모가 되었을 때 아이를 두고 일하러 나가는 데 아무런 의문도 품지 않을 것이다. 이런 식으로 경제 발전을 이룬 우리는 경제력을 얻는 대신 아이를 키우는 육아력을 잃어버렸다.

저출산이 큰 문제인 현재, 이는 매우 중요한 계기임에 틀림없다. 우리는 지금 경제력보다 육아력을 재검토해야 할 단계에 이르렀다. 실제 부모뿐만 아니라 지역사회 전체가 나서서 아이가 건강하게 자랄 수 있는 환경을 정비하고, 아이들과 보내는 시간을 재평가해야 한다. 그래서 다음 세대를 남기고 보호 육성해야 한다. 이것이 우리의 미래를 지켜나가는 유일한 수단이라고 생각한다.

이 책을 출판하기까지 많은 분들의 도움을 받았다.

책을 기획하고 편집한 동양경제신문사의 나카자토 유고 씨, 원고 정리를 도와준 작가 후지사키 미호 씨에게 깊이 감사드린다. 3년이라는 시간을 투자한 끝에 겨우 책 한 권으로 정리할 수 있었다. 마지막으로 늘 마음속에 간직하고 있는 이 말씀을 소개하고 펜을 놓고자 한다.

엄마가 행복할 때
아기는 방긋 웃는다.
아기가 방긋 웃을 때

엄마는 더없이 행복하다.

상대의 눈동자에 비친 자신의 모습을 보며

서로가 필요하다는 것, 믿는다는 것을 안다.

시라카와 요시쓰구

건강한 몸과 똑똑한 두뇌 발달을 위한
세 살까지의 육아 포인트

오직 이것만!

태어나서 두 살까지, 건강한 두뇌 발달을 위한 10가지 원칙

0~2개월	모유 수유는 애착의 첫걸음이다
0~2개월	아기와 눈을 맞추고 말을 걸면서 수유한다
0~2개월	아기와 충분한 스킨십을 나눈다
3~5개월	웃는 얼굴로 말을 걸고 놀이를 함께한다
3~5개월	질 좋은 수면 리듬을 만든다
6개월~1살	기어 다닐 수 있는 장소를 확보한다
6개월~1살	다정하게 말을 걸어 공감 능력을 높인다
6개월~1살	풍부한 감정 표현으로 그림책을 읽어준다
1~2살	기억이 시작되는 시기, 많은 경험을 쌓게 한다
1~2살	지켜보다가 도움을 청하면 도와준다

오직 이것만!

두 살 이후, 애착이 깊어지는 9가지 의사소통법

2~3살	아이를 독립된 인격체로서 존중한다
2~3살	아이의 생각을 앞지르지 않는다
2~3살	아이의 눈높이에서 생각한다
2~3살	화내지 말고 제대로 야단친다
3살 이후	눈을 맞추고 웃어주는 습관을 들인다
3살 이후	잘한 행동을 찾아 적절하게 칭찬한다
3살 이후	아이와의 약속은 반드시 지킨다
3살 이후	응석을 받아주되 응석둥이로 키우지 않는다
3살 이후	아이가 안심하고 지낼 수 있는 환경을 만든다

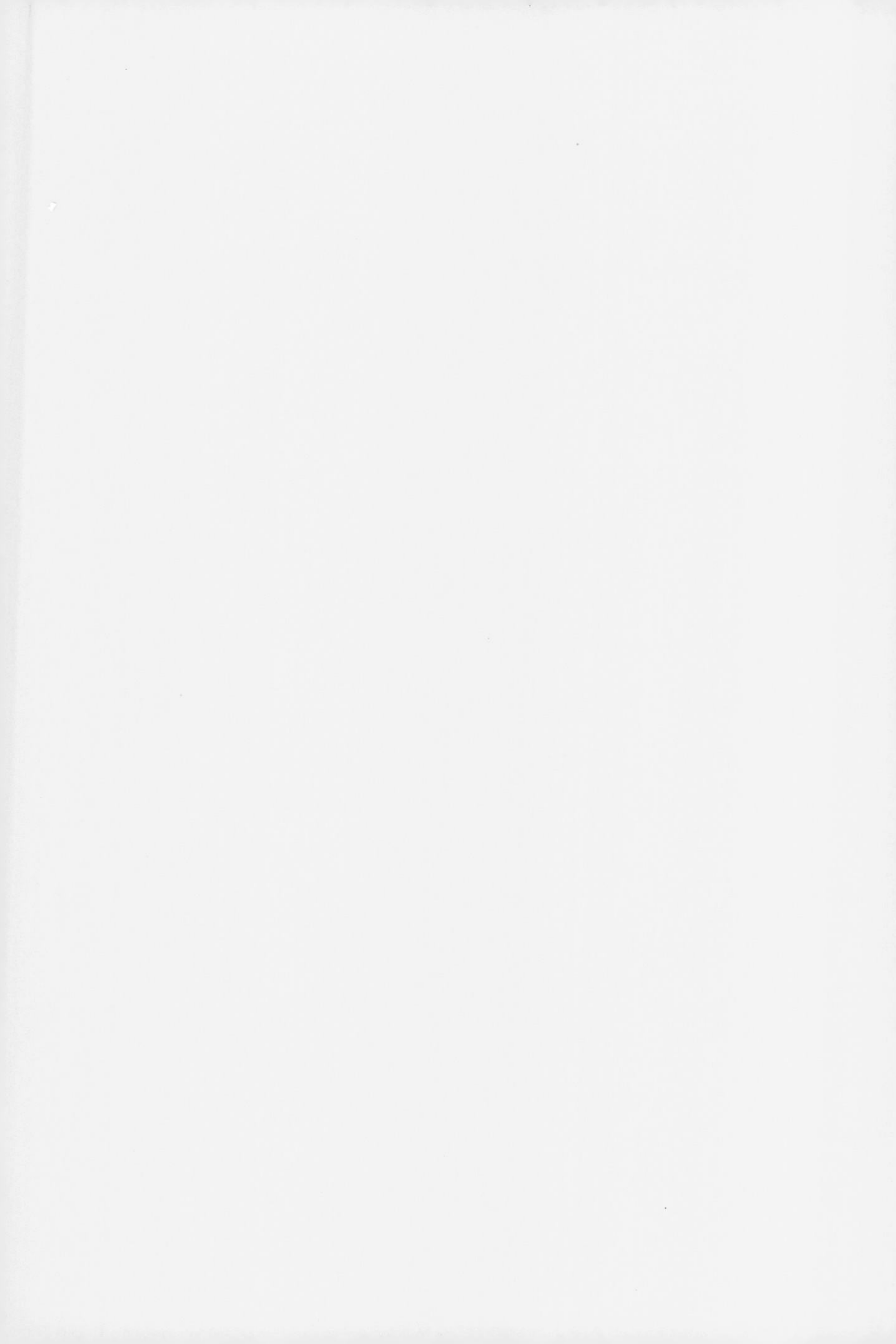